COLLECTION FOLIO

Virginia Woolf

Le quatuor à cordes

et autres nouvelles

ÉDITION PUBLIÉE
SOUS LA DIRECTION DE JACQUES AUBERT

Traduit de l'anglais et annoté
par Michèle Rivoire

Gallimard

Les nouvelles « Le quatuor à cordes », « Kew Gardens », « La marque sur le mur » sont extraites du recueil *Lundi ou mardi* in *Œuvres romanesques*, vol. 1 (collection Bibliothèque de la Pléiade, Éditions Gallimard). Les nouvelles « La dame dans le miroir : réflexion », « La duchesse et le joaillier », « Lappin et Lapinova » sont extraites d'*Œuvres romanesques*, vol. 2 (collection Bibliothèque de la Pléiade, Éditions Gallimard).

Adeline Virginia Stephen est née le 25 janvier 1882 à Londres. Adolescente fragile, elle commence la rédaction d'un journal à quinze ans et suit notamment, en parallèle de nombreuses lectures, des cours d'histoire et de grec au King's College. Dès 1904, elle écrit ses premiers articles et comptes rendus pour *The Guardian*. Durant cette période, des amis de son frère aîné, romanciers, essayistes et artistes, se réunissent dans la maison familiale : ces réunions, où elle rencontre Leonard Woolf qu'elle épousera en 1912 et avec lequel elle créera la prestigieuse maison d'édition The Hogarth Press cinq ans plus tard, constituent les débuts du groupe de Bloomsbury.

En 1907, après divers voyages (au Portugal, en Espagne, en Grèce, en Turquie...), elle esquisse un premier roman qui deviendra *Traversées* (1915). En 1918, elle compose *Nuit et jour*, qui paraît l'année suivante, bientôt suivi de *La Chambre de Jacob* (1922), de *Mrs Dalloway* (1925) – œuvre dans laquelle se déploie magistralement la technique littéraire du *stream of consciousness* (« flux de conscience ») –, de *Vers le Phare* (1927) et d'*Orlando* (1928). Réunissant deux conférences données à Cambridge, elle publie en 1929 l'essai féministe *Une chambre à soi*. La décennie 1930 voit encore la parution de trois romans phares : *Les Vagues* (1931), *Flush* (1933) et *Les Années* (1937).

Le 28 mars 1941, alors qu'elle vient de faire parvenir un dernier manuscrit à son éditeur – *Entre les actes* –, Virginia Woolf, dont la vie fut traversée par de graves troubles dépressifs, met fin à ses jours ; elle s'enfonce dans l'Ouse, rivière du Sussex, les poches emplies de pierres.

Lisez ou relisez les livres de Virginia Woolf en Folio :

MRS DALLOWAY (Folio Classique n° 2643)

VERS LE PHARE (Folio Classique n° 2816)

LES ANNÉES (Folio Classique n° 4651)

LES VAGUES (Folio Classique n° 5385)

LA CHAMBRE DE JACOB (Folio Classique n° 5501)

LUNDI OU MARDI / *MONDAY OR TUESDAY* (Folio Bilingue n° 189)

ESSAIS CHOISIS (Folio Classique n° 5895)

NUIT ET JOUR (Folio Classique n° 6244)

EN COMPAGNIE DE MRS DALLOWAY (Folio 2 € n° 6361)

Le quatuor à cordes

Voilà, nous y sommes, et il suffit d'un coup d'œil sur la salle pour voir que métros, tramways et omnibus, voitures particulières, en petit nombre, et même, j'aime à le croire, landaus attelés d'alezans s'en sont mêlés et qu'ils ont tissé leurs fils d'un bout à l'autre de Londres ! Pourtant je commence à avoir des doutes...

S'il est vrai, comme on le prétend, que Regent Street est en travaux et que le traité est signé[1], qu'il fait doux pour la saison, et que même à ce prix exorbitant il n'y a pas un seul appartement à louer, que le pire avec la grippe[2],

1. Le traité de Versailles.

2. En 1918 avait sévi en Europe une grande épidémie de grippe espagnole.

ce sont ses effets secondaires ; si je m'avise que j'ai négligé d'écrire au sujet de la fuite d'eau dans l'office, et laissé mon gant dans le train ; si les liens du sang exigent que je m'incline pour accepter avec cordialité la main que l'on a peut-être hésité à me tendre...

« Sept ans que nous ne nous sommes vus ! »

« C'était à Venise. »

« Et où habitez-vous à présent ? »

« Eh bien, de préférence en fin d'après-midi, si ce n'est pas trop demander... »

« Mais je vous ai reconnue immédiatement ! »

« La guerre a tout de même causé une fracture... »

Si de telles fléchettes vous transpercent le cerveau, et si — rapports humains obligent — l'une est à peine décochée qu'une autre la suit ; si elles génèrent de la chaleur et que par-dessus le marché on allume l'électricité ; si, dans bien des cas, un propos fait naître un besoin de perfectionnement et de révision qui attise en outre regrets, plaisirs, vanités et désirs — et si, alors que je veux relater tous les faits, ce sont chapeaux, boas de fourrure, queues-de-pie et épingles de cravate en perle qui font surface — y a-t-il la moindre chance ?

Quelle chance ? Il m'est de plus en plus difficile de dire pourquoi, envers et contre tout, je reste sur mon siège, incapable de dire de but en blanc quelle idée j'ai en tête, ou même de me rappeler la dernière fois qu'une telle chose m'est arrivée.

« Vous avez vu le défilé ?

— Le roi avait l'air transi. »

« Non, non, non, mais qu'était-ce donc ? »

« Elle a acheté une maison à Malmesbury[1].

— Quelle chance elle a eue d'en trouver une ! »

J'ai au contraire la quasi-certitude que la dame en question peut bien aller au diable, puisque tout n'est qu'affaire d'appartements, de chapeaux et de mouettes, en apparence

1. Localité du Wiltshire célèbre pour les ruines de son abbaye.

tout au moins, pour une centaine de personnes rassemblées ici, bien vêtues, bien fourrées, guindées et repues. Non que j'aie aucune raison de faire la fière, moi qui suis comme elles assise passivement sur une chaise dorée, à retourner la terre sur un souvenir enfoui, comme nous tous, car, si je ne m'abuse, on voit bien à certains indices que nous sommes tous plongés dans le souvenir, cherchant furtivement à ressusciter quelque chose. À quoi bon s'agiter ainsi ? Pourquoi s'inquiéter de la tombée de nos manteaux ; et nos gants — faut-il les porter boutonnés ou pas ? Regardez maintenant ce visage de vieillard qui se détache sur le fond obscur du tableau, affable et animé il y a un instant ; à présent triste et taciturne, comme dans l'ombre. Est-ce le second violon que l'on a entendu s'accorder dans les loges ? Les voici ; quatre silhouettes noires portant des instruments, et qui s'installent devant des carrés blancs sous les flots de lumière torrentiels ; pointent leur archet vers le pupitre ; le lèvent tous ensemble ; le tiennent délicatement en l'air, puis, en regardant le musicien assis en face de lui, le premier violon compte un, deux, trois...

Qu'éclosent les fleurs, le printemps, les bourgeons ! Le poirier à la cime de la montagne. Jaillissent les fontaines ; retombent les gouttes. Mais les flots du Rhône s'écoulent, rapides et profonds, se précipitent sous les arches, entraînent les feuilles des plantes aquatiques, faisant courir des ombres sur les poissons argentés, les poissons mouchetés emportés par les eaux vives, et à présent expédiés dans un tourbillon vers — pas commode ici — un conglomérat de poissons massés dans un trou d'eau ; qui bondissent, éclaboussent, s'écorchent du bout acéré des nageoires ; et un tel courant bouillonnant où les galets jaunes sont brassés et barattés en rond, indéfiniment — dégagés maintenant, les poissons plongent vers le fond, ou alors, vrillés comme de minces copeaux sous le rabot, remontent pour une raison ou une autre à l'air libre en décrivant de délicates spirales. ... Qu'elle est aimable la bonté chez ceux qui vont par le monde d'un pied léger et le sourire aux lèvres ! Et aussi chez les vieilles marchandes de poisson joyeusement accroupies sous des voûtes, ces vieilles harengères obscènes qui avancent en roulant d'un bord à l'autre de la rue et en plaisantant bruyamment, secouées par des rires de gorge, hum, ah !

« C'est une pièce de jeunesse de Mozart, bien sûr...

— Mais la mélodie, comme toutes ses mélodies, inspire le désespoir — non, l'espoir. Qu'est-ce que je radote ? C'est ce qu'il y a de pire avec la musique ! J'ai envie de danser, rire, manger des gâteaux roses, et des jaunes, boire un petit vin sec. Ou d'une histoire grivoise, là, tout de suite — je pourrais y trouver du plaisir. En prenant de l'âge on prend goût à la grivoiserie. Ha, ha, ha ! Je ris. De quoi ? Vous n'avez rien dit, ni ce vieux monsieur en face de moi... Mais supposons — supposons... Chut ! »

Le flot mélancolique nous entraîne. Quand

la lune perce à travers les branches du saule pleureur, je vois ton visage, j'entends ta voix et le chant d'un oiseau quand nous longeons le carré d'osier. Que murmures-tu ? Chagrin, chagrin. Joie, joie. Tissés ensemble, inextricablement unis, fiancés à la douleur et recrus de chagrin — patatras !

Le bateau fait naufrage. Debout, les silhouettes s'élèvent, minces à présent comme des feuilles, et réduites bientôt à un spectre couronné de feu, qui puise dans mon propre cœur sa double passion. C'est pour moi qu'il chante, délivrant ma douleur, faisant sourdre la compassion, inondant d'amour ce monde sans soleil, et lorsqu'il cesse de chanter, sa tendresse ne s'éteint pas, mais, avec adresse et délicatesse, il continue de tisser le dehors avec le dedans, de parfaire cet ouvrage, cette union jusqu'à l'effacement de toute cassure. S'élancer, sangloter, s'engloutir dans le néant, douleur et joie.

À quoi bon pleurer ? Que demander ? Rester insatisfaite ? Je crois que le sort en est jeté ;

oui ; ensevelie sous un tapis de pétales de roses, qui tombent. Tombent. Ah, mais c'est fini. Tombant d'une hauteur incroyable, tel un petit parachute lâché d'un ballon invisible, un unique pétale tournoie et voltige en hésitant. Il ne nous atteindra pas.

« Non, non, je n'ai rien remarqué. C'est ce qu'il y a de pire avec la musique — ces rêves idiots. Le second violon avait un temps de retard, dites-vous ? »

« La vieille Mrs. Munro qui cherche la sortie en tâtonnant — elle y voit de moins en moins, la pauvre — et sur ce parquet glissant. »

Cécité de la vieillesse, sphinge à tête grise... La voilà sur le trottoir, qui, d'un geste ferme, fait signe à l'autobus rouge.

« Comme c'était beau ! Comme ils jouent bien ! Et comme — comme — comme ! »

La langue n'est qu'un battant de cloche. La simplicité même. Le chapeau de ma voisine a un plumet éclatant et plaisant comme un hochet de bébé. Dans l'entrebâillement du rideau on voit briller le feuillage vert du platane. Très étrange, très intéressant.

« Comme — comme — comme ! » Chut ! Voici les amoureux sur l'herbe.

« Daignez, madame, prendre ma main...

— Messire, c'est mon cœur que je voudrais vous confier. D'ailleurs nous avons laissé nos corps dans la salle des fêtes. Ceux que vous voyez sur le gazon sont les ombres de nos âmes.

— Alors ce sont donc nos âmes qui s'étreignent. » Les citronniers acquiescent en se balançant. Le cygne s'éloigne de la rive et gagne rêveusement le milieu du courant.

« Mais revenons à nos moutons. Il m'a suivie tout le long du corridor, et, comme nous tournions le coin, il a marché sur la dentelle de mon jupon. Que pouvais-je faire d'autre que crier “Ah !” et m'arrêter pour l'arranger ? Là-dessus, il a tiré son épée et fait mine de porter des bottes mortelles en criant : “Au fou ! Au fou ! Au fou !” Alors j'ai hurlé, tant et si bien que le prince, qui écrivait dans un grand livre en vélin, près de l'auriel, a surgi, coiffé d'une calotte de velours et chaussé de fourrure ; il a décroché du mur une rapière — cadeau du roi d'Espagne, vous savez — sur quoi je me suis enfuie, jetant ce manteau sur mes épaules pour masquer les ravages subis par mon cotillon — masquer… Ah, écoutez ! Les cors ! »

Le gentilhomme répond à la dame avec un tel empressement, et elle retourne le compliment en montant la gamme avec tant d'esprit, et maintenant, pour couronner le tout avec un sanglot si passionné que, sans paroles audibles, le sens est explicite — amour, éclats de rire, fugue, poursuite, céleste volupté — tout cela porté par la vague allègre du plus tendre attachement — jusqu'au moment où sonnent les cors d'argent, dans le lointain tout d'abord, puis de plus en plus distinctement, comme des sénéchaux donnant l'aubade ou dénonçant, sinistres, la fuite des amants… Jardin verdoyant, étang au clair de lune, citrons, amants et poissons, tout s'évapore dans le ciel opalescent, où, tandis que les cors sont rejoints par des trompettes et soutenus par des clairons, s'élèvent des arches blanches fermement supportées par des colonnes de marbre... Cuivres et percussions. Tintamarre de timbales. Ferme construction. Assise solide. Myriades en marche. Confusion et chaos marquant le pas vers la terre. Mais la cité vers laquelle nous nous dirigeons n'est bâtie ni en pierre ni en marbre ; elle reste à jamais suspendue ; inébranlable ; ni visage, ni bannière pour nous saluer ou nous y accueillir. Votre espérance alors il faut laisser périr ; fane-toi au désert, ma joie ; avance nue. Les colonnes sont dépouillées ; inhospitalières ; dépourvues d'ombres portées ; éblouissantes ; austères. Alors je retombe, mon ardeur épuisée, avec un seul désir : celui de m'en aller, de retrouver la rue, compter les édifices, saluer la marchande de pommes, dire à la domestique qui m'ouvre la porte : Belle nuit étoilée.

« Bonsoir, bonsoir. Vous passez par ici ?

— Hélas, non. Par là. »

Kew Gardens

Dans l'ovale du massif de fleurs se dressaient peut-être une centaine de tiges qui à mi-hauteur se déployaient en feuilles en forme de cœur ou de langue et au sommet étalaient des pétales rouges, bleus ou jaunes semés de taches colorées en relief ; des ténébreuses gorges rouges, bleues ou jaunes émergeaient des hampes raides, rêches d'une poussière d'or et légèrement recourbées à leur extrémité. Les larges pétales offraient une bonne prise à la brise estivale, et lorsqu'ils remuaient les éclats de couleur, rouge, bleu et jaune, se chevauchaient et teintaient d'une tache moite indéfinissable une parcelle de terre brune en dessous. La lumière tombait tantôt sur le dos lisse d'un galet gris, tantôt sur une coquille d'escargot veinée de cercles bruns — ou bien, tombant dans une goutte de pluie, elle y répandait un rouge, un bleu et un jaune si intenses que l'on s'attendait à voir les minces parois d'eau se rompre et disparaître. Mais non, la goutte recouvrait en un clin d'œil son gris argenté, et la lumière se posait alors à la surface d'une feuille, révélant par-dessous la fibre arborescente de sa chair ; se déplaçant encore, elle illuminait les grands espaces verdoyants sous le dôme des feuilles en forme de cœur et de langue. Puis la brise fraîchit un peu dans le ciel, et la couleur jaillit dans les airs, emplissant les yeux des hommes et des femmes qui se promènent à Kew Gardens en juillet.

Les silhouettes de ces hommes et de ces femmes flânaient le long des massifs floraux en une déambulation capricieuse et désordonnée semblable au vol des papillons blancs et bleus qui traversaient la pelouse en zigzag d'un parterre à l'autre. L'homme avançait d'un pas insouciant, précédant de peu sa femme qui, plus concentrée, se retournait de temps à autre pour vérifier que les enfants n'étaient pas trop à la traîne. Le mari gardait exprès ces quelques pas d'avance, mais peut-être inconsciemment, car il ne voulait pas être interrompu dans ses cogitations.

« Il y a quinze ans, pensait-il, je suis venu ici avec Lily. Nous nous sommes assis quelque part là-bas, au bord d'un lac, et tout au long de cet après-midi brûlant, je l'ai suppliée de m'épouser. Et la libellule qui ne cessait pas de tourner autour de nous : je revois clairement cette libellule et la chaussure de Lily avec sur le bout une boucle d'argent carrée. Tout le temps que je parlais, je regardais le bout de son soulier et quand il s'agitait avec impatience, je savais sans lever les yeux ce qu'elle allait dire : tout son être semblait concentré dans sa chaussure. Et mon amour et mon désir étaient contenus dans la libellule ; pour une raison qui m'échappe, je me disais que si la libellule se posait sur cette feuille là-bas, la grande avec la fleur rouge au milieu, si elle se posait sur cette feuille-là, Lily dirait "Oui" immédiatement. Mais la libellule tournoyait sans trêve : elle ne se posait jamais — bien sûr que non, heureusement que non, sinon je ne serais pas ici à me promener avec Eleanor et les enfants. — Dis-moi, Eleanor, est-ce qu'il t'arrive de songer au passé ?

— Pourquoi cette question, Simon ?

— Parce que je pensais au passé justement. Je pensais à Lily, la femme que j'ai failli épouser... Pourquoi ne dis-tu rien ? Ça t'ennuie que je pense au passé ?

— Est-ce que ça devrait, Simon ? Ne pense-t-on pas toujours au passé dans un jardin où des hommes et des femmes sont allongés sous les arbres ? Ne sont-ils pas notre passé, ou tout ce qu'il en reste, ces hommes et ces femmes, ces spectres étendus sous les arbres, ... notre bonheur, notre réalité ?

— Pour moi, une boucle d'argent carrée sur un soulier et une libellule.

— Pour moi, un baiser. C'était il y a vingt ans au bord d'un lac, imagine six petites filles devant leur chevalet à peindre des nénuphars rouges, les premiers que je voyais de ma vie. Et soudain un baiser, là, au creux de ma nuque. Et tout l'après-midi, ma main tremblait si fort que je ne pouvais peindre. Je sortis ma montre pour regarder à quelle heure je pourrais me permettre de repenser à ce baiser, pendant cinq petites minutes — une chose si précieuse — le baiser d'une vieille femme aux cheveux gris avec une verrue sur le nez ; la mère de tous les baisers de ma vie. Caroline, Hubert, venez ici. »

Ils dépassèrent le massif floral, tous les quatre de front à présent, et bientôt leurs silhouettes s'amenuisèrent parmi les arbres, rendues presque transparentes par les grandes nappes d'ombre et de lumière qui inondaient leur dos, vibrantes et biscornues.

Dans le parterre ovale, l'escargot, dont la coquille avait un court instant été éclaboussée de rouge, bleu et jaune, sembla remuer imperceptiblement dans cette coquille, puis il s'ébranla et gravit péniblement des miettes de terre meuble qui s'effritaient et roulaient sous lui. On eût dit qu'il avait un but précis à atteindre, ce qui le distinguait du curieux insecte vert, anguleux et haut sur pattes qui essayait de traverser devant lui et fit une brève halte, antennes palpitantes comme sous l'intensité de la réflexion, pour repartir de manière tout aussi surprenante et précipitée dans la direction opposée. Falaises brunes avec dans les creux de profonds lacs verts, arbres plats comme des lames ondulant de la tête au pied, blocs de pierre grise émoussés, vastes surfaces fripées d'une texture fine et crissante — tous ces objets entravaient la progression de l'escargot vers son but entre les tiges. Avant qu'il ne se décidât à contourner ou franchir la tente voûtée d'une feuille morte, d'autres pieds humains s'approchèrent du massif.

Cette fois, il s'agissait de deux hommes. Le visage du plus jeune exprimait un calme peut-être affecté. Il gardait les yeux obstinément fixés devant lui tandis que son compagnon parlait, et dès que celui-ci se taisait, il les baissait, et tantôt il entrouvrait les lèvres, mais seulement après une longue pause, tantôt il les tenait étroitement serrées. Le plus âgé, qui avait une démarche bizarrement saccadée et hésitante, lançait une main en avant, puis basculait brusquement la tête en arrière comme un cheval de fiacre piaffant d'impatience à la porte d'une maison, sauf que la gesticulation indécise de l'homme n'avait ni rime ni raison. Il ne cessait guère de parler ; se souriait à lui-même avant de reprendre son discours, comme si ce sourire constituait une réponse. Il parlait des esprits — les esprits des morts qui lui faisaient à l'instant même, selon lui, toutes sortes de révélations étranges sur leur expérience du paradis[1].

« Le paradis, William, c'était la Thessalie

1. Allusion narquoise à la reviviscence du spiritisme qui avait suscité un grand engouement dans les pays anglo-saxons au cours de la seconde moitié du XIXe siècle, des hommes de science, comme le chirurgien écossais James Braid, tentant même d'en donner une explication scientifique à partir de l'hypnose. Pendant la guerre de 1914-1918, on invoqua les esprits pour communiquer avec les disparus, et c'est cela qui est évoqué dans « Kew Gardens ».

pour les anciens Grecs, et aujourd'hui, avec cette guerre, la matière des esprits se propage de colline en colline comme le tonnerre. »

Il se tut, sembla tendre l'oreille, esquissa un sourire, rejeta la tête en arrière et reprit :

« On prend une petite pile électrique et un morceau de caoutchouc pour l'isolation du fil — on dit isolation ou isolement ? Bref, passons ! Pas la peine d'entrer dans des détails abscons pour le public — en résumé, on place le petit appareil en position adéquate près de la tête du lit, disons sur une tablette en acajou bien propre. Tout le dispositif ayant été installé par les ouvriers selon mes instructions, la veuve y applique son oreille et invoque l'esprit par des signes convenus. Femmes ! Veuves ! Femmes en deuil... »

À cet instant, il aperçut au loin une femme vêtue d'une robe qui peut-être, dans l'ombre, tirait sur le violet foncé. Il ôta son chapeau, mit une main sur le cœur, et se précipita vers elle en marmonnant et en gesticulant fébrilement. Mais William le retint par la manche, tout en tâtant une fleur de la pointe de sa canne afin de distraire l'attention du vieil homme. Après avoir contemplé cette fleur pendant quelques instants de perplexité, le vieillard en approcha son oreille et, comme s'il répondait à une voix sortie de là, se mit à parler des forêts d'Uruguay qu'il avait explorées il y avait de cela des siècles en compagnie de la plus belle femme d'Europe. On l'entendit marmotter des divagations sur les forêts d'Uruguay couvertes d'un tapis cireux de roses tropicales, sur les rossignols, les plages, les sirènes, et les femmes noyées en mer, tandis qu'il se laissait entraîner par William dont l'expression de patience stoïque se faisait de plus en plus impénétrable.

Le suivant d'assez près pour être un peu décontenancées par ses gesticulations, venaient deux vieilles femmes du peuple, l'une lourde et corpulente, l'autre alerte et le teint vermeil. Comme la plupart des gens de leur classe, elles montraient ouvertement leur fascination pour la moindre excentricité indicative d'un désordre mental, particulièrement chez les riches ; mais elles étaient trop éloignées pour savoir avec certitude s'il s'agissait d'une simple excentricité ou de démence caractérisée. Après avoir un moment observé silencieusement le dos du vieillard, elles échangèrent un étrange regard entendu et se remirent allégrement à rassembler les morceaux de leur dialogue échevelé :

« Nell, Bert, Lot, Cess, Phil, Pa, il dit, j'te dis, elle dit, j'te dis, j'te dis...

— Mon Bert, ma p'tite sœur, Bill, Pépé, le vieux, sucre,

Sucre, farine, kippers, légumes verts,

Sucre, sucre, sucre. »

Derrière l'écran de cette avalanche verbale, la grosse dame regardait d'un air torve les fleurs fraîches et fermes, plantées bien droit dans la terre. Elle les voyait comme un dormeur qui s'éveille d'un profond sommeil et aperçoit le reflet d'une lumière insolite dans un chandelier de cuivre ; il cligne des yeux et, le chandelier de cuivre réapparaissant, il finit par se réveiller pour de bon en sursaut et fixe l'objet les yeux écarquillés. Ainsi la pesante dame s'immobilisa devant le massif ovale et renonça même à faire semblant d'écouter ce que lui disait son acolyte. Elle demeura ainsi, laissant les mots crouler sur elle et balançant lentement son buste d'avant en arrière, les yeux rivés sur les fleurs. Puis elle proposa d'aller s'asseoir pour prendre le thé.

L'escargot avait à présent envisagé toutes les manières possibles d'atteindre son but sans avoir à contourner ni escalader la feuille morte. Sans compter l'effort nécessaire pour la gravir, il se demandait si la fine texture de la feuille, qui vibrait avec un craquement très inquiétant quand il l'effleurait du bout de ses cornes, serait capable de supporter son poids ; et c'est ce qui le décida finalement à se glisser pardessous, car il y avait un endroit où la cambrure de la feuille au-dessus du sol lui permettait de passer. Il venait d'introduire sa tête dans l'ouverture et, jaugeant la voûte brune, s'accoutumait à la fraîcheur de sa pénombre quand deux nouveaux promeneurs marchant sur la pelouse dépassèrent la feuille. Cette fois, ils étaient tous deux d'allure juvénile, un jeune homme et une jeune fille. Tous deux étaient dans leur prime jeunesse, et même dans la saison qui la précède, lorsque les plis lisses et roses de sa fleur n'ont pas encore rompu leur enveloppe gommée, lorsque les ailes du papillon, bien que pleinement développées, restent immobiles au soleil.

« Une chance que l'on ne soit pas vendredi, fit-il.

— Pourquoi ? Tu crois à la chance ?

— Le vendredi, ils font payer six pence.

— Qu'est-ce que ça peut faire ? Ça les vaut, non ?

— C'est quoi, "ça" ? — qu'est-ce que tu entends par "ça" ?

— Oh, peu importe — je veux dire — tu sais bien ce que je veux dire. »

Il y avait de longs silences entre chacune de ces remarques, prononcées d'une voix monotone et sans timbre. Le couple fit une halte en bordure du parterre de fleurs, et, ensemble, ils enfoncèrent profondément la pointe de l'ombrelle de la jeune fille dans la terre. Étrangement, ce geste et la main du jeune homme posée sur celle de la jeune fille exprimaient leurs sentiments, et leurs pauvres mots insignifiants exprimaient eux aussi quelque chose ; ces mots aux ailes trop courtes pour leur corps lourd de sens, et qui, incapables de se transporter très loin, se posaient maladroitement au plus près sur des objets très ordinaires résistant à leur toucher inexpérimenté ; mais qui sait (se disaient-ils en enfonçant l'ombrelle dans la terre) s'ils ne recèlent pas des précipices, ou des pentes glacées qui brillent au soleil de l'autre côté ? Qui sait ? A-t-on jamais vu ces choses-là ? Même lorsqu'elle se contentait de demander quel genre de thé on servait à Kew, derrière ses mots il percevait l'imminence d'un péril, quelque chose d'immense et d'impénétrable dressé derrière eux ; et très lentement la brume se leva, découvrant — oh, mon Dieu — quelles étaient ces formes ? — de petites tables blanches, et des serveuses qui les regardaient à tour de rôle, elle d'abord et lui ensuite : et puis il y avait une addition qu'il réglerait avec une vraie pièce de deux shillings, tout était vrai, tout, il s'en assura en tripotant la pièce dans sa poche, vrai pour tout le monde hormis pour elle et lui ; il se prit à croire lui-même que tout était vrai ; et puis — mais comme c'était trop excitant pour qu'il puisse en supporter la pensée plus longtemps, il retira l'ombrelle d'un mouvement brusque, impatient de trouver l'endroit où l'on prenait le thé parmi les autres, comme les autres.

« Tu viens, Trissie ; c'est l'heure du thé.

— Mais où est-ce donc qu'on le prend, ce thé ? » demanda-t-elle avec un très bizarre tremblement d'excitation dans la voix, tandis qu'elle se laissait tirer, le regard vide, le long de l'allée herbeuse, traînant son ombrelle derrière elle, tournant la tête à droite et à gauche, oubliant le thé, demandant à passer par ici ou par là, se rappelant les orchidées et les grues au milieu des fleurs sauvages, une pagode chinoise[1] et un oiseau à la huppe écarlate ; mais il ne la lâchait pas.

Ainsi, les uns après les autres, les couples longeaient le massif de fleurs, en flânant sans but presque du même pas irrégulier, enveloppés par des couches successives de vapeurs d'un vert bleuté, et la substance de leurs corps, dense et colorée à l'origine, de se dissoudre dans le vert bleuté de l'air. Comme il faisait chaud ! Si chaud que la grive même préférait sautiller comme un oiseau mécanique à l'ombre des fleurs, avec de longues pauses entre deux sauts ; au lieu de voltiger au hasard, les papillons blancs dansaient les uns au-dessus des autres et leur blanc tourbillon floconneux formait une colonne de marbre brisée qui s'élevait au-dessus des plus hautes fleurs ; les verrières de la grande serre des palmiers brillaient comme un marché étincelant de parapluies verts

1. Un des édifices exotiques de Kew Gardens. La pagode fut construite en 1762, sur des plans de William Chambers à une époque où, dans les jardins anglais, sévissait la mode des *chinoiseries*.

déployés au soleil ; et dans le vrombissement de l'avion, le ciel d'été faisait gronder la voix de son âme intrépide. Jaunes et noires, roses ou blanches comme neige, des formes de toutes ces couleurs, hommes, femmes et enfants, éclaboussaient l'horizon pendant quelques secondes, puis, devant l'immense nappe jaune étalée sur l'herbe, elles hésitaient et recherchaient l'ombre des arbres, s'évaporant comme gouttes d'eau dans le jaune et le vert de l'atmosphère, y laissant tout juste un soupçon de rouge et de bleu. On eût dit que tous ces corps adipeux et pesants fondus ensemble par la chaleur formaient une masse immobile affalée sur le sol, tandis que leurs voix s'élevaient en tremblant au-dessus d'eux comme les flammes somnolentes d'épaisses bougies de cire. Des voix. Oui, des voix. Des voix sans paroles, brisant tout à coup le silence pour exprimer une satisfaction si profonde, un désir si ardent, ou, pour les voix d'enfants, une surprise si naïve ; brisant le silence ? Mais non, il n'y avait pas de silence ; sans répit tournaient les roues des autobus et grinçaient les vitesses ; la cité grondait pareille à un immense assemblage de boîtes gigognes en acier tournant les unes dans les autres en un mouvement perpétuel ; et sur ce fond, la clameur des voix et des éclats de couleur jaillis de myriades de corolles montaient dans les airs.

La marque sur le mur

C'est peut-être cette année même vers la mi-janvier que, pour la première fois, levant les yeux, j'aperçus la marque sur le mur. Pour retrouver une date, il faut se souvenir de ce que l'on a vu. Ainsi, en ce moment je me rappelle le feu dans l'âtre ; la fine pellicule de lumière jaune sur la page de mon livre ; les trois chrysanthèmes dans la coupe ronde en cristal posée sur la cheminée. Oui, ce devait être en hiver, et nous venions de prendre le thé, car je me rappelle que je fumais une cigarette et c'est en levant les yeux que je vis la marque sur le mur pour la première fois. À travers la fumée de ma cigarette, je fixais depuis un instant les braises ardentes quand m'apparut ce mirage familier d'un étendard cramoisi flottant sur la tour d'un château fort, et je songeai à une cavalcade de chevaliers vêtus de rouge gravissant le flanc du rocher noir. La marque sur le mur dispersa le mirage et j'en fus plutôt soulagée, car c'est une vieille chimère, une apparition spontanée qui me visite sans crier gare, peut-être depuis mon enfance. Petite et de forme ronde, la marque se détachait noire sur le mur blanc, six ou sept pouces au-dessus de la cheminée.

Nos pensées ne sont que trop promptes à s'emparer d'un nouvel objet, à le soulever pour le déplacer un peu à la manière de fourmis qui transportent fiévreusement un fétu de paille, et puis l'abandonnent. … Si la marque provenait d'un clou, il ne pouvait avoir servi à suspendre un tableau, plutôt une miniature — le portrait d'une dame aux boucles poudrées à frimas, aux joues finement enfarinées et aux lèvres purpurines. Un faux, bien entendu, car les anciens propriétaires de la maison effectuaient toujours leurs choix décoratifs de la même manière — mobilier d'époque et tableaux assortis. Ils étaient ainsi — des gens très intéressants au demeurant, et je songe souvent à eux dans des lieux étranges comme celui-là, parce qu'on ne les reverra jamais, qu'on ne saura jamais ce qu'ils sont devenus. Ils voulaient quitter cette maison pour changer de mobilier, du moins c'est ce que dit le mari, et, pendant qu'il m'expliquait que selon lui une œuvre d'art devait exprimer des idées, nous fûmes arrachés l'un à l'autre, comme cela se produit parfois quand, emporté en trombe dans un train, on perd brusquement de vue la vieille dame sur le point de verser le thé et le jeune homme prêt à frapper sa balle de tennis dans le jardin d'un pavillon de banlieue.

Mais pour la marque sur le mur, je ne suis pas sûre ; je ne crois pas qu'elle provienne d'un clou finalement ; elle est trop grande, trop ronde pour cela. Je pourrais me lever pour l'examiner, mais si je le faisais, je parie dix contre un que je serais incapable de décider quoi que ce soit ; une fois qu'une chose est là, allez expliquer comment elle s'est produite. Ah ! bonté divine, le mystère de la vie ! L'inexactitude de la pensée ! L'ignorance de l'humanité ! Afin de montrer à quel point nous n'avons pas la maîtrise de nos possessions — par quel hasard vivons-nous ainsi après des siècles de civilisation — je vais simplement dresser une liste de quelques-uns des objets que nous avons perdus au fil de notre vie, et, pour commencer, car c'est de toutes la disparition la plus énigmatique — quel chat les avait rongés, quel rat les avait grignotés —, trois petites boîtes métalliques bleu pâle contenant des outils de reliure ? Et puis il y eut les cages à oiseaux, les cerceaux de fer, les patins d'acier, la pelle à charbon de style reine Anne[1], le billard miniature, l'orgue à manivelle : partis, envolés, et les bijoux aussi. Opales et émeraudes gisent au milieu des racines de navets. Bigre d'histoire de rognage et de grignotage ! Par quel miracle ai-je des vête-

1. Anne Stuart (1665-1714), couronnée en 1702.

ments sur le dos, et suis-je assise au milieu de meubles massifs en ce moment même ? Pourquoi faut-il, lorsqu'il s'agit de trouver une comparaison à la vie, que l'on songe toujours à un voyage en métro qui vous propulse à cinquante miles à l'heure à l'autre bout du tunnel — où vous arrivez sans une épingle dans les cheveux ! Jetée nue comme un ver aux pieds du Seigneur ! Culbutée jambes pardessus tête au milieu des champs d'asphodèles comme un colis enveloppé de papier d'emballage dans le toboggan postal ! Cheveux au vent flottant comme la queue d'un pur-sang. Oui, c'est une bonne expression de la brièveté de la vie, de son cycle perpétuel de perte et récupération ; toute cette contingence et tout ce désordre. …

Mais après la vie. Ces tiges vertes et grasses, sur lesquelles on tire jusqu'à ce que la corolle de la fleur, en se renversant, vous inonde de lumière violet et rouge. Pourquoi, après tout, ne pas naître au-delà, comme on est né ici, sans force ni parole, incapable de fixer son regard, accroché aveuglément aux racines des graminées, aux doigts de pied des géants ? Quant à distinguer les arbres des hommes et des femmes, ou même savoir si de telles choses existent, on ne sera pas en mesure de le faire avant une cinquantaine d'années. Tout ne sera plus qu'espaces de lumière et d'obscurité, entrecoupés d'épaisses tiges, et, un peu plus haut peut-être, des taches de forme rosacée, aux couleurs indécises — bleu, rose foncé — qui s'affirmeront avec le temps, pour devenir — je ne sais quoi. ...

Et pourtant cette marque sur le mur n'est pas un trou du tout. C'est peut-être même la trace d'une substance noire de forme ronde, par exemple un petit pétale de rose resté là depuis l'été, et moi, n'étant pas une ménagère très vigilante — voyez la poussière sur la cheminée, cette poussière qui, dit-on, par trois fois ensevelit Troie, seuls des fragments de poteries ayant obstinément résisté à l'anéantissement, comme on peut l'imaginer.

L'arbre devant la fenêtre toque tout doucement contre la vitre. ... Je veux pouvoir penser paisiblement, tranquillement, amplement, sans être interrompue ni avoir à me lever, glisser aisément d'une chose à une autre, sans rencontrer d'hostilité ou d'obstacle. J'aspire à m'enfoncer profondément en m'éloignant de la surface : des faits bruts et tranchés. Pour affermir mon esprit, je vais me saisir de la première idée qui passe. ... Shakespeare. ... Soit, pourquoi pas lui. Cet homme qui, installé confortablement dans un fauteuil, contemplait le feu, ainsi... Un déluge de pensées ruisselait sur lui en permanence, du haut de je ne sais quel firmament éthéré. Son front incliné reposait dans sa main et ceux qui le regardaient par la porte ouverte — car la scène est censée avoir lieu un soir d'été... Mais quel ennui, cette biographie romancée ! Elle ne m'intéresse pas du tout. Si seulement je pouvais tomber sur un sujet agréable, une séquence qui, de manière oblique, donnerait une image flatteuse de moi-même, car ce genre de pensées est extrêmement plaisant et très commun, même chez les gens modestes et couleur de muraille, qui croient sincèrement détester les éloges. Il ne s'agit pas de pensées directement flatteuses et c'est ce qui fait leur charme ; voici comment cela se présente :

« Puis, j'entrai dans la pièce. On y discutait de botanique et je déclarai avoir vu une fleur poussée sur un tas de poussière, sur le site d'une vieille maison de Kingsway[1]. La graine, ajoutai-je, avait dû être semée sous le règne de Charles Ier. Quelles fleurs y avait-il sous le règne de Charles Ier ? » demandai-je (mais j'ai oublié la réponse). De grandes fleurs avec des pompons violets peut-être. Et ainsi de suite. Au fur et à mesure, je peaufine mentalement mon image, avec amour, à la dérobade, sans manifester mon adulation pour elle, ce qui me trahirait et m'obligerait à étendre immédiatement la main vers un livre protecteur.

1. Grande avenue du centre de Londres (Westminster) ouverte en 1905, sur l'emplacement d'un quartier populaire de petites maisons délabrées.

À dire vrai, c'est curieux, cet instinct que nous avons de préserver notre image de l'idolâtrie et de toute autre manœuvre qui pourrait la ridiculiser ou l'éloigner du modèle, au point de lui faire perdre sa crédibilité. Mais est-ce aussi bizarre après tout ? C'est une question importante. Supposons que le miroir se brise, que le reflet disparaisse, anéantissant la figure romanesque environnée de forêts profondes et verdoyantes, ne laissant subsister que cette coquille humaine qui est ce que les autres voient — comme le monde deviendrait aussitôt irrespirable, superficiel, nu et envahissant ! Un monde où il ne ferait pas bon vivre. Les uns en face des autres dans les transports publics, train ou métro, nous sommes devant un miroir ; cela explique le flou et l'éclat vitreux de nos regards. Et à l'avenir, les romanciers reconnaîtront de mieux en mieux l'importance de ces réflexions, car bien sûr il n'y en a pas qu'une seule, mais un nombre presque infini ; ce sont là les profondeurs qu'ils exploreront, les fantômes qu'ils traqueront, renonçant de plus en plus au réalisme de la description et prenant pour un fait acquis une certaine connaissance de la réalité, à l'instar des Grecs ou de Shakespeare peut-être — mais trêve de généralisations sans intérêt. Il suffit de ce mot à consonance militaire pour faire surgir des éditoriaux, des ministres du gouvernement — tout un ensemble de choses qu'enfant on prenait pour la chose même, la norme, la vraie réalité, tout ce dont on ne devait pas s'écarter sous peine d'un châtiment indicible. Les généralisations rappellent aussi, d'une façon ou d'une autre, les dimanches à Londres, les promenades dominicales et les déjeuners dominicaux, et puis certaines manières de parler des défunts, des vêtements et des coutumes — comme celle de se réunir tous ensemble dans une pièce, jusqu'à une certaine heure, sans que personne en ait vraiment envie. Il y avait une règle pour chaque chose. La règle voulait, à l'époque, que les nappes fussent en tapisserie, avec un motif de carreaux jaunes, comme les tapis que l'on voit en photographie orner les corridors des palais royaux. Les autres modèles n'étaient pas de vraies nappes. Quel délicieux scandale ce fut de découvrir que toutes ces réalités vraies, déjeuners dominicaux et promenades dominicales, maisons de campagne et nappes, n'étaient pas si vraies que cela, que c'était en fait des vestiges, et que le châtiment encouru par l'impie se résumait à un sentiment d'illégitime liberté. Qu'est-ce qui a remplacé tous les canons de cette réalité codifiée, je me le demande ? Les hommes peut-être — pour peu que l'on soit une femme : le point de vue masculin qui commande nos vies, édicte la norme, établit le protocole des préséances de Whitaker[1], et qui depuis la guerre, j'imagine, est à demi moribond aux yeux de bien des hommes et des femmes dont l'espoir est que le ridicule l'enverra rejoindre dans les poubelles où vont

1. Cuthbert Whitaker (1873-1950) publiait un almanach annuel où figurait « La Pairie du Royaume-Uni », liste des titres définissant l'ordre des préséances de la noblesse anglaise.

les vestiges les buffets en acajou et les gravures de Landseer[1], les dieux et les démons, l'enfer, etc., nous laissant nous enivrer tous ensemble d'un sentiment d'illégitime liberté — si la liberté n'est pas un vain mot. ...

Sous certains éclairages en vérité la marque sur le mur forme une saillie. Elle ne semble pas parfaitement ronde non plus. Je ne peux l'affirmer mais elle semble projeter une ombre à peine perceptible qui me donne à penser que, si je suivais du doigt cette partie du mur, à un certain point, il viendrait à rencontrer un petit tumulus de forme arrondie, comme ces tertres des Downs du Sud dont on ne sait si ce sont des tombes ou des campements anciens. À choisir, je préférerais des tombes, car je suis encline à la mélancolie, comme la plupart des Anglais, et je trouve tout naturel, à la fin d'une promenade, de méditer sur des ossements

1. Sir Edwin Landseer (1802-1873), peintre animalier et portraitiste très populaire sous le règne de Victoria. Ses tableaux sont peuplés d'allégories moralisatrices.

enfouis sous l'herbe. ... Il doit exister un livre là-dessus. Un archéologue a bien dû exhumer ces ossements et leur donner un nom. ... Quel genre d'homme est un archéologue ? Je me le demande. Un colonel à la retraite le plus souvent, je pense, conduisant des groupes de vieux ouvriers agricoles sur les buttes, examinant cailloux et mottes de terre, entrant en correspondance avec les ecclésiastiques du coin, courrier qui, dépouillé au petit déjeuner, les gonfle d'un sentiment d'importance. Et puis la comparaison des pointes de flèches exige maintes expéditions pédestres à travers la campagne, jusqu'aux chefs-lieux, nécessité que le colonel apprécie tout autant que son épouse vieillissante qui, ayant envie quant à elle de faire de la confiture de prunes ou de nettoyer le bureau de fond en comble, a de bonnes raisons pour entretenir la pérennité de la grande énigme : tombes ou campements, tandis que le colonel lui-même, conciliant, accumule avec philosophie des indices accréditant les deux hypothèses. Certes il finit par pencher en faveur du campement ; et en réponse à ses contradicteurs, il rédige un mémoire qu'il s'apprête à présenter au cours de la réunion trimestrielle de la société savante locale, quand une attaque le terrasse ; et ses dernières pensées conscientes ne vont ni à son épouse ni à ses enfants, mais au campement et à la pointe de flèche exposée désormais dans une vitrine du musée régional, en compagnie d'un pied de meurtrière chinoise, d'une poignée de clous élisabéthains, d'innombrables pipes en terre d'époque Tudor, d'un fragment de poterie romaine, et du verre à vin de Nelson — indices prouvant je ne sais quoi au juste.

Non, non, on ne prouve jamais rien, on ne sait jamais rien. Et que gagnerais-je à me lever sur-le-champ, pour m'assurer qu'en vérité la marque sur le mur est — que dire ? — la tête d'un gigantesque vieux clou, planté là il y a deux cents ans, et qui, grâce à la diligence du travail abrasif effectué par des générations de femmes de chambre, a émergé de la couche de peinture et découvert la vie moderne sous la forme d'une pièce aux murs blancs, éclairée par un feu dans la cheminée ? Du savoir ? Matière à alimenter d'autres spéculations ? Je peux tout aussi bien réfléchir assise que debout. Et qu'est-ce que le savoir ? Que sont nos hommes de science sinon les descendants des sorciers et des ermites qui, accroupis dans des grottes ou au milieu des bois, distillaient des herbes, interrogeaient des musaraignes et notaient par écrit le langage des astres ? Notre estime pour eux diminue à mesure que déclinent nos superstitions et que s'accroît notre goût pour la beauté et la santé mentale... Oui, on pourrait imaginer un monde très agréable. Un monde vaste, paisible et des champs pleins de fleurs très rouges et très bleues. Un monde sans professeurs ni experts et sans gouvernantes au profil de gendarmes ; un monde que la pensée pourrait découper comme un poisson fendant l'eau de ses nageoires, frôlant les tiges des nénuphars et suspendant sa course au-dessus des nids d'œufs blancs déposés dans la mer. … Quel calme règne dans ces profondeurs, d'où, bien calée au centre de la terre, on regarde vers la surface à travers les eaux grises parcourues de brusques éclats de lumière et de reflets ! Si seulement il n'y avait pas d'almanach de Whitaker — et le protocole des préséances !

Il faut que je me secoue et me lève pour en avoir le cœur net : cette marque sur le mur, est-ce un clou, un pétale de rose ou une fissure dans la boiserie ?

C'est ici que la nature fait jouer une fois de plus son instinct de conservation. Elle sent que toutes ces pensées risquent d'entraîner une dépense d'énergie inutile, et même une collision avec la réalité, car qui pourra jamais lutter contre le protocole des préséances de Whitaker ? L'archevêque de Cantorbéry est suivi par le Lord Grand Chancelier[1], qui est suivi par l'archevêque d'York. Tout le monde

1. Le Lord Chancellor, haut magistrat qui préside notamment la Chambre des lords, vient effectivement, dans l'ordre des préséances, après l'archevêque de Cantorbéry, chef spirituel de l'Église anglicane.

suit quelqu'un, telle est la philosophie de Whitaker ; et la grande affaire est de savoir qui suit qui. Whitaker le sait, et permettez que cela vous rassure plutôt que de vous révolter, c'est le conseil que vous donne la nature ; mais si vous ne pouvez y trouver de réconfort, qu'il vous faille absolument détruire la paix de ce moment, pensez à la marque sur le mur.

En effet, depuis que j'ai les yeux rivés sur elle, j'ai l'impression qu'elle est ma planche de salut ; un agréable sentiment de réalité a, sur-le-champ, réduit les deux archevêques et le Lord Grand Chancelier à l'état d'ombres parmi les ombres. Voilà enfin quelque chose de tangible et précis. De même, lorsqu'on s'éveille à minuit d'un affreux cauchemar, on s'empresse d'allumer la lampe et, ayant recouvré la sérénité en bénissant la commode, bénissant la réalité tangible, bénissant l'impersonnalité des choses qui attestent une autre existence que la nôtre. Voilà ce dont on veut être sûr. … Il est agréable de penser à du bois. Il provient d'un arbre ; et les arbres poussent sans que nous sachions comment. Pendant des années, ils grandissent sans prendre garde à nous, dans des prés, des forêts et sur les rives des fleuves — toutes choses auxquelles on aime à penser. Par les chauds après-midi d'été, les vaches qui se tiennent sous leur ombrage fouettent l'air de leur queue ; les arbres teintent les rivières d'un vert si profond que, lorsqu'elle plonge, on s'attend à voir la poule d'eau ressortir les plumes toutes vertes. J'aime à songer aux poissons qui se maintiennent contre le courant, comme autant de fanions gonflés par le vent ; et aux scarabées d'eau qui édifient des dômes de boue dans le lit de la rivière. J'aime à songer à l'arbre lui-même : d'abord la sensation intime de n'être que bois ; puis le grondement de l'orage ; enfin l'écoulement lent et délicieux de la sève. J'aime aussi à songer à l'arbre en hiver, droit dans la nuit au milieu de la campagne déserte, toutes voiles ferlées, impénétrable à la mitraille de la lune, mât dénudé, dressé au-dessus de la terre qui toute la nuit ne cesse de crouler. Quel chant étrange et assourdissant que celui des oiseaux en juin ; qu'elles doivent être froides, les pattes des insectes qui montent péniblement le long des plis de l'écorce ou prennent leur bain de soleil sur la légère bâche verte du feuillage, les facettes de leurs yeux rouges braquées droit devant eux. ... Une à une les fibres se rompent sous la formidable pression de la terre glacée ; vient alors l'ultime tempête, et dans leur chute, les plus hautes branches s'enfoncent profondément dans le sol de nouveau. Même alors, la vie n'a pas dit son dernier mot ; de par le vaste monde, il existe pour un arbre une multitude de vies à vivre avec patience et concentration, dans des chambres, à bord de navires, en revêtement des sols et des murs des salons où, après le thé, des couples se retirent pour fumer des cigarettes. Quelle mine de pensées apaisantes et heureuses, cet arbre. J'aimerais les examiner l'une après l'autre, mais quelque chose m'en empêche. ... Où en étais-je ? De quoi était-il question au juste ? D'un arbre ? D'une rivière ? Des Downs ? De l'almanach de Whitaker ? Des champs d'asphodèles ? Je ne me souviens de rien. Tout bouge, tombe, m'échappe, disparaît. ... Il se produit un grand remue-ménage. Quelqu'un se penche au-dessus de moi et dit :

« Je sors acheter le journal.

— Ah, oui ?

— Même si cela ne sert à rien d'acheter des journaux. ... Il ne se passe jamais rien. En voilà assez de cette guerre, cette maudite guerre !... Tout de même, ce n'est pas une raison pour laisser un escargot se promener sur notre mur. »

Tiens, la marque sur le mur ! C'était un escargot.

La dame dans le miroir : réflexion

On ne devrait pas davantage laisser les miroirs accrochés aux murs qu'on ne laisse traîner son carnet de chèques ou des lettres avouant d'odieux forfaits. En cet après-midi d'été, on ne pouvait quitter des yeux le long miroir suspendu dans l'entrée. Le hasard en avait décidé ainsi. Depuis les profondeurs du divan du salon, on pouvait voir, réfléchis dans ce miroir vénitien, non seulement la table au dessus de marbre qui lui faisait face, mais, au-delà, un morceau du jardin. On pouvait voir une longue allée herbeuse longeant des talus plantés de grandes fleurs, et que le cadre doré coupait net dans un angle.

La maison était vide, et seul dans le salon, on pouvait se prendre pour un de ces naturalistes qui, sous un camouflage d'herbe et de feuilles, se livrent à l'observation des bêtes les plus farouches — blaireaux, loutres, martins-pêcheurs — prenant leurs ébats librement et, pour leur part, en toute invisibilité. Cet après-midi-là, la pièce était pleine de ces créatures craintives, toute en ombres et lumières, rideaux soulevés par le vent, chute de pétales — toutes choses qui, semble-t-il, n'arrivent jamais en présence d'un observateur. Avec sa cheminée de pierre, ses tapis, sa bibliothèque surchargée et ses cabinets de laque rouge et or, le paisible vieux salon campagnard regorgeait de ces bêtes nocturnes. Elles venaient faire des pirouettes sur le sol, avançaient délicatement, pattes hautes, queue étalée, et picoraient à coups de bec allusifs, se donnant des airs de grues, de troupeaux élégants de flamants roses délavés, ou de paons à la traîne veinée d'argent. Il y avait aussi des rougeoiements et des obscurités diffuses, comme si une seiche eût tout à coup répandu de la pourpre dans l'air ; la pièce avait ses coups de passion, de fureur, d'envie, et de chagrin, qui la submergeaient et l'assombrissaient, tout comme un être humain. Rien ne demeurait inchangé, ne fût-ce qu'un instant.

Mais au-dehors, le miroir réfléchissait la table de l'entrée, les tournesols et l'allée du jardin avec tant de précision et de fixité qu'ils paraissaient figés dans leur inéluctable réalité. Le contraste était étrange — tout ici était changeant et là-bas immobile. Le regard ne cessait de balancer entre ici et là-bas. De même, les portes et les fenêtres étant ouvertes à la chaleur, l'air bruissait constamment de soupirs et de silences, les voix de tout ce qui change et périt, pour ainsi dire, comme le va-et-vient de la respiration humaine, alors que dans le miroir les choses avaient cessé de respirer et reposaient dans l'extase de l'immortalité.

Une demi-heure plus tôt, Isabella Tyson, la maîtresse de maison, avait emprunté l'allée d'herbe vêtue d'une légère robe d'été, un panier sur le bras, puis elle avait disparu, coupée net par le cadre doré du miroir. On pouvait supposer qu'elle était allée cueillir des fleurs dans le jardin du bas ; mais on eût plus volontiers imaginé qu'elle était allée chercher quelque plante légère et fantasque, luxuriante et grimpante, de la clématite par exemple, ou bien ces élégantes guirlandes de volubilis qui s'entrelacent sur des murs décrépits et fleurissent en d'éclatants bouquets blancs ou violets. Elle évoquait plutôt le volubilis fantasque et frémissant que le rigide aster, le zinia empesé, ou ses propres roses éblouissantes comme des lampes en haut du poteau tout droit qui les soutenait. Mais la comparaison prouvait qu'on la connaissait bien mal après tant d'années ; car il est impossible de faire passer une femme de chair et de sang âgée de cinquante ou soixante ans pour une guirlande ou une vrille. De telles comparaisons sont pour le moins oiseuses et superficielles — et qui plus est, elles sont cruelles, car elles viennent s'interposer, tremblotantes comme la vrille du volubilis, entre le regard et la vérité. Il faut de la vérité ; il faut un mur. Pourtant, c'était étrange que, la connaissant depuis tant d'années, on ne pût dire ce qu'était la vraie Isabella ; on en était encore à inventer des expressions comme celle-là parlant de volubilis et de clématite. Si l'on veut des faits, alors le fait est qu'elle était célibataire et qu'elle était riche ; qu'elle avait acheté cette maison et rassemblé de ses propres mains — souvent dans les contrées les plus reculées et au péril de sa vie menacée par des insectes venimeux et des maladies tropicales — les tapis, les fauteuils, les secrétaires laqués qui menaient désormais leur vie nocturne sous nos yeux. Parfois il nous semblait qu'ils en savaient plus long sur elle que nous n'y étions autorisés, nous qui les utilisions pour nous asseoir ou écrire, nous qui foulions les tapis avec respect. Chacun de ces secrétaires possédait une multitude de petits tiroirs contenant très probablement des petits paquets de lettres attachés par des nœuds de ruban, semés de brins de lavande ou de pétales de rose. Le fait est — s'il faut des faits — qu'Isabella avait connu une foule de gens et avait eu beaucoup d'amis ; ainsi quand on avait l'audace d'ouvrir un tiroir pour lire ses lettres, on découvrait des traces nombreuses d'une vie agitée : rendez-vous à tenir, réprimandes pour les avoir manqués, longues lettres intimes et tendres, lettres emportées, pleines de jalousie et de reproches, billets de rupture aux mots terribles et définitifs — car toutes ces rencontres et tous ces rendez-vous n'avaient abouti à rien —, autrement dit, elle ne s'était jamais mariée, et pourtant, à en juger par le masque d'indifférence peint sur son visage, elle avait vécu dix fois plus d'aventures passionnées que ceux dont les amours sont claironnées aux oreilles du monde entier. À force de penser ainsi à Isabella, on percevait son salon sous un jour plus mystérieux et emblématique ; ses recoins paraissaient plus sombres, les pieds des tables et des fauteuils plus grêles et plus hiéroglyphiques.

Soudain il fut mis fin à ces réflexions, brutalement mais sans le moindre bruit. Une volumineuse forme noire envahit le miroir ; effaçant tout le reste ; elle jeta sur la table un lot de tablettes de marbre veiné de rose et de gris, et puis disparut. Mais le tableau était entièrement transformé. De prime abord, il paraissait méconnaissable, irrationnel et totalement flou. Ces tablettes semblaient n'avoir aucun rapport avec une quelconque activité humaine. Et puis se mit progressivement en route un processus logique qui fit de l'ordre et du classement, ramenant les tablettes dans le champ de l'expérience familière. On comprit finalement qu'il s'agissait tout simplement de lettres. L'homme avait apporté le courrier.

Elles étaient posées là, sur la table au dessus de marbre, toutes ruisselantes de lumière et de couleur d'abord, et triviales et discordantes. Puis on les vit avec étonnement aspirées par le tableau pour s'y ordonner, s'y intégrer et y prendre leur place, le miroir les dotant de l'immobilité et de l'immortalité qu'il conférait à toute chose. Elles se trouvèrent ainsi investies d'une réalité et d'une signification nouvelles, alourdies aussi, et il aurait, semble-t-il, fallu un burin pour les détacher de la table. C'était peut-être le fruit de notre imagination mais elles n'étaient plus une simple poignée de lettres ordinaires, on eût dit des tablettes gravées de vérités éternelles — dont la lecture permettrait de connaître tout ce qu'il y avait à savoir sur Isabella, oui, et sur la vie aussi. À l'intérieur de ces enveloppes marmoréennes, les pages devaient être gravées en profondeur et chargées de sens. Isabella rentrerait, elle prendrait ces lettres une à une, très lentement, pour les ouvrir et les lire avec soin mot à mot, puis, avec un grand soupir empreint de lucidité, comme si elle avait sondé le fondement de toute chose, elle déchirerait les enveloppes en petits morceaux, attacherait les lettres ensemble et fermerait à clef le tiroir du secrétaire, bien décidée à tenir secret ce qu'elle ne voulait pas révéler.

Cette pensée représentait un défi. Isabella ne souhaitait pas être connue — mais elle n'y échapperait plus très longtemps. C'était absurde et monstrueux. Si elle avait tant de choses à cacher et si elle savait autant de choses, il fallait séance tenante l'ouvrir de force avec le premier outil à portée de main — l'imagination. Il fallait fixer son attention sur elle, la ligoter ici même ; refuser de se laisser encore intimider par des paroles ou des actes de circonstance — dîners, visites et conversations polies. Il fallait se mettre dans ses chaussures, littéralement, c'était facile, car on voyait bien le genre de celles qu'elle portait en cet instant même dans le petit jardin du bas. Elles étaient très longues, très effilées, très élégantes — faites dans le cuir le plus fin et souple. Comme tout ce qu'elle portait, elles étaient exquises. Isabella devait se trouver au pied de la grande haie au fond du jardin brandissant les ciseaux attachés à sa ceinture pour couper une fleur fanée, une branche trop longue. Le soleil tombait en plein sur son visage et dans ses yeux ; mais non, voilà qu'au moment crucial un nuage couvrit le soleil et ses yeux prirent une expression indécise — moqueuse ou tendre, pétillante ou morne ? On ne distinguait que le contour incertain de son beau visage flétri tourné vers le ciel. Elle pensait peut-être à commander un nouveau filet pour les fraisiers ; envoyer des fleurs à la veuve de Johnson ; songeait-elle à aller rendre visite aux Hippesley dans leur nouvelle maison ? C'était bien sûr ce dont elle parlerait au dîner. Or on était fatigué de ses conversations de table. C'était son être profond que l'on aurait voulu capturer pour le traduire dans des mots, cet être qui est à l'esprit ce que la respiration est au corps, ce que l'on nomme bonheur ou malheur. À ces mots, l'évidence jaillit aussitôt qu'elle devait sûrement être heureuse. Elle était riche, distinguée ; elle avait de nombreux amis ; elle voyageait de par le monde — achetant des tapis en Turquie et des vases bleus en Perse. Les voies du plaisir s'ouvraient et rayonnaient autour d'elle partout où elle se tenait ses ciseaux à la main prête à élaguer les branches frissonnantes, tandis que la dentelle des nuages voilait son visage.

Soudain, elle trancha d'un coup sec le rameau de clématite qui tomba sur le sol. Avec cette chute assurément, un peu de lumière perça aussi, permettant assurément que l'on pénétrât plus avant dans la connaissance de son être. Elle débordait alors de tendresse et de regret... Couper une branche trop longue l'attristait parce qu'elle avait été une chose vivante et qu'Isabella attachait beaucoup de prix à la vie. Oui, et en même temps la chute de cette branche évoquait sa propre mort ainsi que la futilité et la fugacité de toutes choses. Puis se ressaisissant vivement avec la promptitude de son bon sens, elle reconnut que la vie ne l'avait pas si mal traitée ; et, si sa propre chute était inévitable, ce serait pour reposer sur la terre et se décomposer doucement en nourrissant les racines de violette. Ainsi songeait-elle. Sans donner forme à telle pensée — car elle était de ces personnes réservées qui gardent leurs idées captives dans les nuées du silence —, elle était envahie de pensées. Son esprit était à l'image de son salon où des feux follets avançaient et reculaient, faisaient des pirouettes ou la roue et marchaient à petits pas, tout en picorant le sol ; puis son être tout entier fut obscurci, toujours à l'image du salon, par le nuage d'un savoir insondable, un regret indicible, et voilà qu'elle ne fut que tiroirs fermés à clef et bourrés de lettres, comme ses secrétaires de laque. Comment pouvait-on parler de « l'ouvrir de force » comme une huître, de se servir d'autres choses avec elle que des outils les plus fins, les plus subtils et les plus délicats ! Quelle profanation ! Quelle absurdité ! Il fallait user d'imagination — et voilà qu'elle apparaissait dans le miroir. On sursautait !

Elle fut tout d'abord si lointaine qu'on la distinguait à peine. Elle prenait tout son temps, marquait une pause ici pour redresser une rose, et là pour soulever un œillet et le respirer, mais jamais elle ne s'immobilisa ; son image ne cessait de grandir dans le miroir, de plus en plus semblable à cette personne restée impénétrable à nos efforts. On vérifia peu à peu la ressemblance — intégrant à ce corps visible les attributs que l'on avait découverts. Il y avait sa robe gris-vert, ses chaussures effilées, son panier et quelque chose qui étincelait à son cou. Elle progressait si lentement qu'elle ne dérangeait pas l'architecture de l'image dans le miroir, ne faisant qu'y ajouter un nouvel élément qui en douceur déplaçait et retouchait les autres en ayant l'air de leur demander courtoisement de lui faire de la place. Et les lettres sur la table, l'allée d'herbe et les tournesols qui l'avaient attendue dans le miroir s'ouvrirent et s'écartèrent pour l'accueillir parmi eux. Elle était enfin dans le hall. Elle s'arrêta net. Elle était près de la table. Elle se tenait parfaitement immobile. Aussitôt le miroir se mit à verser sur elle une lumière qui semblait la fixer ; qui, tel un acide, rongeait tout ce qui était inessentiel ou superficiel pour ne laisser que la vérité. C'était un spectacle captivant. Tout se détacha d'elle — nuages, robe, panier, diamant —, tout ce que jusque-là on avait nommé plante grimpante et volubilis. Il ne resta que le noyau dur du mur en dessous. La femme véritable. Elle était nue dans cette lumière impitoyable. Et il n'y avait rien. Isabella était parfaitement vide. Elle ne pensait à rien. N'avait pas d'amis. Ne tenait à personne. Quant aux lettres, ce n'étaient que des factures. Regardez-la toute droite près de la table, vieille et anguleuse, la peau veinée et ridée, le nez hautain et le cou flétri, elle ne prit même pas la peine de les ouvrir.

On ne devrait pas laisser les miroirs accrochés au mur de sa chambre.

La duchesse et le joaillier

Oliver Bacon habitait le dernier étage d'une maison donnant sur Green Park. C'était un appartement ; fauteuils disposés selon des angles appropriés — en cuir. Divans longeant des baies — recouverts de tapisserie. Fenêtres, trois hautes fenêtres, garnies d'une mesure appropriée de voilage sobre et de satin broché. Le buffet d'acajou abritait dans son enflure discrète des bouteilles des meilleurs cognacs, whiskeys et liqueurs. Et de la fenêtre du milieu, on dominait les toits brillants des luxueuses voitures garées le long des rues étroites de Piccadilly. On ne pouvait rêver situation plus centrale. À 8 heures du matin, il se faisait servir le petit déjeuner sur un plateau, par un valet qui étalait sur le lit sa robe de chambre ;

il ouvrait son courrier de ses ongles longs et pointus, et extrayait des enveloppes d'épais bristols blancs gravés avec ostentation aux armes de duchesses, comtesses, vicomtesses et autres honorables ladies. Puis il faisait sa toilette ; mangeait ses toasts ; et lisait son journal auprès de son âtre électrique.

« Regarde-toi, Oliver, se disait-il, toi qui as débuté dans la vie au fond d'une petite ruelle crasseuse, toi qui... » et il baissait les yeux vers le joli galbe de ses jambes moulées dans un pantalon de bonne coupe ; les chaussures ; les guêtres. Tout était élégant, luxueux ; taillé dans le meilleur drap par le meilleur coupeur de Savile Row[1]. Mais il lui arrivait souvent de perdre sa superbe et de redevenir alors un petit garçon de la ruelle des bas quartiers. Il fut un temps où vendre des chiens volés à de belles dames dans Whitechapel était toute son

1. Savile Road, également appelée « The Row », est une rue de Mayfair proche de Bond Street. Elle est réputée pour ses tailleurs pour hommes.

ambition. Et puis un jour, il se fit pincer. « Oh, Oliver, gémit sa mère. Oliver ! Quand aurastu un peu de plomb dans la cervelle, mon fils ? » ... Alors il s'était mis dans le commerce ; vendant des montres de pacotille ; un jour, il était parti pour Amsterdam avec un portefeuille. ... Ce souvenir le fit glousser de plaisir — le jeune Oliver dans la mémoire du vieux. Oui, il avait fait une bonne affaire avec les trois diamants ; et puis il y avait eu la commission sur l'émeraude. Par la suite, il avait travaillé dans l'arrière-boutique d'une joaillerie de Hatton Garden ; il revoyait le trébuchet, le coffre-fort, les oculaires aux lentilles épaisses. Et après... après... Il eut un rire étouffé. Quand il croisait des petits groupes de joailliers qui, par une chaude soirée, discutaient entre eux des cours, mines d'or, diamants et nouvelles d'Afrique du Sud, il s'en trouvait toujours un pour murmurer sur son passage un « hum-m-m », un doigt posé sur l'aile du nez. Ce n'était qu'un bredouillement, une tape sur l'épaule, un doigt posé sur le nez, une rumeur qui se propageait parmi les joailliers de Hatton Garden, dans la chaleur de l'après-midi — oh, il y avait des années de cela ! Mais il pouvait encore sentir dans son dos le frisson procuré par ce chuchotis, ces petites bourrades qui signifiaient : « Regardez, c'est lui — le jeune Oliver, le jeune joaillier — le voilà qui passe. » Jeune, oui, il l'était. Et il s'habillait de plus en plus chic ; il eut d'abord une calèche ; puis une automobile ; et il commença par louer des corbeilles, puis descendit à l'orchestre. Il eut une villa à Richmond, au bord de la Tamise, avec des pergolas de roses rouges ; et Mademoiselle en glissait une tous les matins dans sa boutonnière.

« Et voilà », fit Oliver en se levant et en étirant ses jambes. « Voilà... »

Il s'arrêta en face de la cheminée, sous le portrait d'une vieille dame et dit : « J'ai tenu parole », en levant ses mains jointes, paume contre paume, comme pour lui rendre hommage. « J'ai gagné mon pari. » Et c'était vrai ; il était certainement le joaillier le plus riche d'Angleterre ; mais son nez, long et flexible comme la trompe d'un éléphant, avait un frémissement étrange des narines (en fait, son nez frémissait tout entier, pas seulement ses narines) qui semblait dire qu'il était insatisfait, qu'il avait flairé autre chose un peu plus loin sous la terre. Imaginez un porc géant dans une truffière ; il a déterré une première truffe et puis une autre, et il en a humé encore une, plus grosse, plus noire, un peu plus loin dans la terre. De même Oliver flairait sans cesse de nouvelles truffes, plus noires, plus grosses que les précédentes, toujours plus loin dans le sol fertile de Mayfair.

Alors il ajusta la perle de son épingle de cravate, et, engoncé dans son pardessus bleu distingué, il prit ses gants beurre frais et sa canne, descendit l'escalier en se dandinant, et s'engagea dans Piccadilly, son long nez au vent pour humer l'air et soupirer à la fois. Car n'était-il pas cet homme triste et insatisfait qui, tout en ayant gagné son pari, restait en quête d'un objet enfoui ?

Il avait la démarche légèrement déhanchée du chameau qui tangue le long des allées asphaltées du zoo envahies par les épiciers et leurs épouses mangeant dans des sacs en papier et jonchant l'allée de débris de papier d'argent froissé. Le chameau méprise les épiciers ; le chameau n'est pas satisfait de son sort ; le chameau voit le lac bleu frangé de palmiers sur la rive opposée. De même le grand joaillier, le plus grand joaillier du monde, habillé à la perfection, avec ses gants et sa canne descendait Piccadilly en se déhanchant ; mais il restait insatisfait, tant qu'il n'avait pas atteint la petite boutique sombre, célèbre en France, en Allemagne, en Autriche, en Italie et dans toute l'Amérique — la petite boutique sombre d'une rue donnant dans Bond Street.

Comme à son habitude, il traversa la boutique à grandes enjambées et sans mot dire, tandis que les quatre employés, les anciens, Marshall et Spencer, et les jeunes, Hammond et Wicks, raides comme la justice derrière le comptoir, le regardaient passer avec envie. Il se contenta d'agiter un doigt ganté de beige ambré dans leur direction. Et il entra dans son cabinet privé et referma la porte derrière lui.

Puis il déverrouilla la grille qui protégeait la fenêtre. Les cris de Bond Street, le grondement de la circulation affluèrent. La lumière des réflecteurs à l'arrière de la boutique se réfléchissait au plafond. Un arbre solitaire berçait ses six feuilles vertes car on était en juin. Mais Mademoiselle avait épousé Mr. Pedder, de la brasserie du coin — personne ne mettait plus de roses à sa boutonnière désormais.

« Et voilà », dit-il en reniflant et en soupirant à la fois, « voilà... »

Puis il appuya sur une commande dans le mur, et le panneau du lambris glissa lentement ; derrière se trouvaient des coffres, cinq, non, six, tous en acier poli. Il tourna une clef ; ouvrit un des coffres ; puis un autre. Ils étaient doublés d'un capitonnage de velours cramoisi ; chacun d'eux contenait des bijoux — bracelets, colliers, bagues, tiares, couronnes ducales ; des pierres précieuses dans des coques de verre ; rubis, émeraudes, perles, diamants. Toutes les pièces bien protégées, brillantes et froides, leurs feux concentrés brûlant pourtant pour l'éternité.

« Des larmes ! fit Oliver en regardant les perles.

— Le sang du cœur ! dit-il des rubis.

— De la poudre à canon ! » reprit-il, en remuant les diamants pour les voir étinceler et jeter tous leurs feux.

« De quoi faire sauter tout Mayfair — jusqu'au ci-e-e-el ! »

En prononçant ces mots, il rejeta la tête en arrière et poussa une sorte de hennissement.

Le bourdonnement grave et feutré du téléphone retentit obséquieusement sur son bureau. Il ferma le coffre-fort.

« Dans dix minutes, répondit-il. Pas avant. » Il s'assit à son bureau et contempla les têtes d'empereurs romains gravées sur ses boutons de manchette. Et il perdit encore une fois sa superbe, redevenant le petit garçon qui jouait aux billes dans la ruelle où l'on vend des chiens volés le dimanche. Il était de nouveau ce petit garçon malin et rusé, aux lèvres vermeilles comme des cerises fraîches. Il tripotait des boyaux de tripaille qu'il plongeait dans la poêle à frire les poissons ; il se faufilait dans la cohue. Il était mince, agile, avec des yeux comme des noyaux de prunes bien léchés. Et maintenant — maintenant — on entendait le tic-tac de la pendulette égrenant les secondes. Une, deux, trois, quatre... La duchesse de Lambourne attendait son bon plaisir ; la duchesse de Lambourne ; descendante d'une centaine de comtes. Elle l'attendrait dix minutes assise sur une chaise au comptoir. Elle attendrait son bon plaisir. Elle attendrait qu'il soit disposé à la recevoir. Il observa la pendulette dans sa boîte de chagrin. L'aiguille continuait à avancer. Et à chaque tic-tac la pendulette lui servait — pour ainsi dire — du foie gras ; un verre de champagne ; un de fine cognac ; un barreau de chaise d'une guinée. Pendant que les dix minutes s'écoulaient, la pendule déposa tout cela sur la table à côté de lui.

Puis il entendit des pas discrets approcher lentement, un froufrou d'étoffe dans le corridor. La porte s'ouvrit. Mr. Hammond s'aplatit contre le mur pour annoncer : « Sa Grâce ! »

Et il attendit, le dos toujours aplati contre le mur.

Oliver se leva, l'oreille tendue vers le bruissement de la robe de la duchesse qui longeait le corridor. Puis elle apparut, remplissant l'embrasure de la porte et la pièce tout entière : tout le parfum, le prestige, l'arrogance, le faste et l'orgueil de tous les ducs et duchesses étaient rassemblés dans cette seule houle. Telle une vague, elle se brisa en s'asseyant, se répandant en tombant avec force éclaboussures sur Oliver Bacon, le grand joaillier, l'inondant de couleurs vives et étincelantes — vert, rose, violet — et d'odeurs ; de reflets irisés ; et de rayons jaillis du bout de ses doigts, des oscillations de ses plumes et du miroitement de la soie ; car elle était très imposante, très grosse, étroitement gainée dans du taffetas rose, et elle n'était plus de la première jeunesse. Comme un parasol repliant ses nombreux volants, un paon richement emplumé refermant sa volumineuse roue, la duchesse s'affaissa et se tassa en s'écroulant dans le fauteuil de cuir.

« Bonjour, Mr. Bacon », dit la duchesse. Elle tendit sa main émergée de la fente de son gant blanc. Oliver se courba très bas pour la prendre. Et il leur suffit de ce serrement de main pour rétablir le contact entre eux. Ils étaient amis et ennemis à la fois ; il était le maître et elle, la maîtresse ; chacun trompait l'autre, mais ils avaient besoin l'un de l'autre et se craignaient ; ils le savaient et en renouvelaient l'expérience chaque fois que leurs mains se touchaient dans le petit salon de l'arrière-boutique avec la lumière blanche au-dehors, l'arbre aux six feuilles, la rumeur de la rue en fond sonore, et derrière eux les coffres-forts.

« Et aujourd'hui, duchesse — que puis-je faire pour vous aujourd'hui ? » demanda Oliver d'une voix douce.

La duchesse s'épanouit ; son cœur, toute l'intimité de son cœur s'ouvrit en béant. Avec un soupir, mais sans un mot, elle sortit de son sac une longue bourse en peau de chamois — on aurait dit un furet jaune efflanqué. Et par une fente dans le ventre du furet, elle fit tomber des perles — dix perles. Elles s'écoulèrent de la fente ventrale du furet — une, deux, trois, quatre — comme les œufs d'un oiseau céleste. « C'est tout ce qui me reste, cher Mr. Bacon », gémit-elle. Cinq, six, sept, elles dévalaient les vastes flancs des collines qui tombaient entre ses genoux formant une étroite vallée — la huitième, la neuvième et la dixième. Et elles gisaient maintenant dans le giron ardent du taffetas couleur fleur de pêcher. Dix perles. « De la ceinture d'Appleby, dit-elle avec affliction. Les dernières... les toutes dernières. »

Oliver étendit le bras pour prendre une perle entre le pouce et l'index. Elle était ronde, chatoyante. Mais était-elle authentique ou fausse ? La duchesse mentait-elle encore ? En avait-elle le front ?

Elle posa un gros doigt boudiné sur ses

lèvres. « Si le duc savait... murmura-t-elle. Cher Mr. Bacon, un coup de déveine... »

Elle avait donc encore perdu au jeu.

« Ce traître ! Cet escroc ! » lança-t-elle d'une voix sifflante.

L'homme à la pommette tailladée ? Un triste sire. Et le duc, lui qui était d'une droiture impeccable ; avec ses favoris ; il lui couperait les vivres, il la bouclerait là-bas s'il apprenait — ce que moi je sais, songeait-il en lorgnant du côté du coffre-fort.

« Araminta, Daphne, Diana, gémit la duchesse. C'est pour *elles*. »

Lady Araminta, Lady Daphne, et Lady Diana — ses filles. Il les connaissait bien ; les adorait toutes. Mais c'est de Diana qu'il était amoureux.

« Vous connaissez tous mes secrets », dit-elle avec un regard lascif. Des larmes coulèrent sur ses joues, des larmes tombèrent ; des larmes comme des diamants, chargées de poudre ramassée dans les sillons de ses joues fardées couleur de cerisier en fleur.

« Mon vieil ami, murmurait-elle, mon vieil ami.

— Vieil ami, répétait-il comme pour savourer ces mots. Combien ? »

Elle couvrit les perles de sa main.

« Vingt mille », murmura-t-elle.

Mais était-elle vraie ou fausse cette perle qu'il tenait entre ses doigts ? Les perles de la ceinture d'Appleby — ne les avait-elle pas déjà vendues ? Il allait sonner Spencer ou Hammond. « Tenez, à expertiser », commanderait-il. Il allongea la main vers la sonnette.

Elle le pria : « Vous viendrez demain, n'est-ce pas ? » Elle s'arrêta. « Le Premier Ministre — Son Altesse royale... » Elle marqua une pause. « Et Diana », ajouta-t-elle.

Oliver retira sa main de la sonnette.

Il regardait au-delà de la duchesse, vers l'arrière des maisons de Bond Street. Mais à la place des maisons de Bond Street, il voyait une rivière ondoyante ; des truites bondissantes et des saumons ; puis le Premier Ministre ; et lui-même aussi ; en gilet blanc ; et enfin,

Diana. Il baissa les yeux pour examiner la perle qu'il avait au creux de sa main. Mais comment l'évaluer à l'aune de la rivière, et des yeux de Diana ? Ceux de la duchesse le fixaient.

« Vingt mille, gémit-elle. Sur mon honneur ! »

L'honneur de la mère de Diana ! Il saisit son carnet de chèques ; sortit son stylo à plume.

Il écrivit « vingt ». Puis il s'arrêta. Du haut du tableau, les yeux de la vieille femme le fixaient — les yeux de sa vieille mère.

« Oliver ! grondait-elle. Aie un peu de plomb dans la cervelle. Ne fais pas l'idiot ! »

« Oliver ! » implora la duchesse — ce n'était plus « Mr. Bacon » à présent, mais « Oliver ». « Vous viendrez bien passer tout un week-end avec nous ? »

Seul dans les bois avec Diana ! Seul à cheval dans les bois avec Diana !

« Mille », écrivit-il, et il signa.

« Tenez », dit-il.

Alors se déployèrent tous les volants du parasol, toutes les plumes du paon, la splendeur de la vague, et les épées et les lances d'Azincourt, tandis qu'elle se levait du fauteuil. Les vieux et les jeunes, Spencer et Marshall, Wicks et Hammond s'aplatirent derrière le comptoir, dévorés d'envie, lorsqu'il traversa la boutique pour raccompagner la duchesse. Il agita son gant beurre frais sous leur nez ; et elle tenait son honneur — un chèque de vingt mille livres signé par le joaillier — dans sa main fermement serrée.

« Sont-elles vraies ou fausses ? » se demandait Oliver en refermant la porte de son cabinet privé. Les dix perles étaient là sur le buvard. Il les porta à la fenêtre et les observa au grand jour avec son oculaire... C'était donc ça, la truffe qu'il avait flairée et déterrée ! Pourrie à cœur — pourrie jusqu'à la mœlle !

« Pardonne-moi, oh, ma mère ! » soupira-t-il en élevant les mains vers le portrait de la vieille femme comme pour l'implorer. Il n'était plus que le petit garçon de la ruelle où l'on vendait des chiens le dimanche.

« Car, murmura-t-il en joignant les mains, le week-end sera long. »

Lappin et Lapinova

Ils étaient mariés. La marche nuptiale égrenait ses dernières notes. Les pigeons voletaient. Des garçons en habit d'Eton lançaient des poignées de riz ; un fox-terrier traversa lentement l'allée ; et Ernest conduisit sa jeune épouse jusqu'à la voiture, frayant son chemin dans cette petite foule de curieux anonymes qui, à Londres, s'amassent toujours pour profiter du bonheur et du malheur des autres. Pas de doute, il portait beau et elle paraissait intimidée. On jeta encore quelques poignées de riz, puis la voiture démarra.

C'était mardi dernier. Aujourd'hui, samedi, Rosalind n'avait pas encore eu le temps de s'habituer à être désormais Mrs. Ernest Thorburn. Elle ne s'habituerait peut-être jamais à être Mrs. Ernest Untel, pensait-elle, assise près du bow-window de l'hôtel qui donnait sur le lac, face aux montagnes, en attendant que son mari descende pour le petit déjeuner. Ernest n'était pas un nom auquel il est facile de s'habituer. Ce n'est pas le nom qu'elle aurait choisi. Elle aurait préféré Timothy, Antony ou Peter. Mais il n'avait pas l'air d'un Ernest non plus[1]. Ce nom lui faisait penser à l'Albert Memorial, aux buffets en acajou et aux gravures sur acier du prince consort en famille — bref, la salle à manger de sa belle-mère à Porchester Terrace[2].

Mais c'était lui. Dieu merci, il n'avait pas l'air d'un Ernest — non. Mais de quoi avait-il l'air ? Elle l'observa de biais. Eh bien, quand il mordait dans un toast, il faisait penser à un

1. Autrement dit — par clin d'œil à la comédie d'Oscar Wilde *The Importance of Being Earnest* (*L'Importance d'être constant*, 1895) dont l'intrigue joue sur l'équivoque du terme Earnest (« sérieux », « constant ») et du prénom Ernest —, il ne se distinguait ni par un sérieux ni par un dandysme excessif.

2. Rue située dans le quartier chic de Bayswater et bordée de grandes villas avec jardins.

lapin. Ce n'est pas que ce jeune homme pimpant et musclé, nez droit, yeux bleus, bouche bien dessinée, ressemblât le moins du monde à une de ces créatures chétives et effarouchées. C'est bien ce qui faisait le sel de la chose. Son nez remuait très légèrement quand il mangeait. Comme celui de son cher lapin apprivoisé. Elle ne pouvait s'empêcher de fixer ce nez qui remuait ; si bien qu'elle dut lui expliquer pourquoi elle s'était mise à rire quand il avait surpris son regard.

« C'est parce que tu me fais penser à un lapin, Ernest, dit-elle. Un lapin de garenne, ajouta-t-elle en le regardant. Un lapin de chasse à courre ; un Lapin royal ; qui fait la loi à tous les autres. »

Ernest ne voyait pas d'inconvénient à être cette espèce de lapin, et puisqu'elle trouvait drôle qu'il remuât le nez — ce qu'il ignorait jusqu'alors — il se mit à le faire délibérément. Elle rit à perdre haleine ; et lui aussi, de sorte que les vieilles filles, le pêcheur à la ligne et le serveur suisse en habit noir graisseux, tous pensèrent, à juste titre, qu'ils étaient très heureux. Mais combien de temps dure un tel bonheur ? se demandaient-ils ; et à cette question chacun répondait à sa manière.

Au déjeuner, assise sur une touffe de bruyère au bord du lac, Rosalind dit : « De la laitue, mon lapin ? » en lui tendant des feuilles de salade qu'ils étaient censés manger avec des œufs durs. « Viens chercher », ajouta-t-elle, et il s'étira pour brouter la laitue en remuant le nez.

« Brave lapin, joli lapin », dit-elle en le caressant comme son lapin apprivoisé. Mais c'était idiot. Quoi qu'il en soit, il n'était pas un lapin domestique. Elle l'appela en français : *Lapin*. Mais de toute façon, ce n'était pas un lapin français. Il était anglais des pieds à la tête — naissance à Porchester Terrace, études à Rugby ; aujourd'hui fonctionnaire au service de Sa Majesté. Elle essaya donc « Bunny » ; mais c'était pire. « Bunny » évoquait un être rondouillard, mou et ridicule ; lui était mince, ferme et sérieux. Pourtant son nez remuait.

« Lappin », s'exclama-t-elle soudain en poussant un petit cri, comme si elle avait trouvé le mot juste, celui qu'elle cherchait.

« Lappin, Lappin, roi Lappin », répétait-elle. Ce nom semblait lui aller comme un gant ; il n'était pas Ernest, mais le roi Lappin. Pour quelle raison ? Elle l'ignorait.

Quand il n'y avait rien de neuf pour alimenter les conversations de leurs longues promenades solitaires — et il plut beaucoup, comme on le leur avait prédit ; ou quand ils passaient la soirée au coin du feu, car il faisait froid — les vieilles filles et le pêcheur étaient allés se coucher, et le serveur ne se déplaçait que si on le sonnait —, elle laissait libre cours à son imagination pour inventer l'histoire de la tribu Lappin. Sous ses doigts — elle cousait ; lui, lisait le journal — les Lappin prenaient, avec drôlerie, vie et réalité. Ernest posait son journal pour l'aider. Il y avait les lapins noirs et les roux ; les amis et les ennemis. Il y avait le bois où ils vivaient et, plus loin, les prairies et le marais. Il y avait surtout le roi Lappin, qui loin de n'avoir qu'un tour dans son sac — le frémissement de son nez — devenait au fil des jours un animal plein de caractère ; Rosalind ne cessait de lui trouver de nouvelles qualités. C'était surtout un grand veneur.

« Et qu'a fait le roi, aujourd'hui ? » demanda Rosalind le dernier jour de leur lune de miel.

En fait, ils avaient fait de l'alpinisme tout le jour ; et elle avait une ampoule au talon ; mais ce n'est pas ce qu'elle voulait dire.

« Aujourd'hui », dit Ernest, qui d'un coup de dents coupa le bout de son cigare en remuant le nez, « il a chassé le lièvre ». Il s'arrêta, craqua une allumette, toujours en remuant son nez.

« Une dame lièvre, ajouta-t-il.

— Une hase blanche ! » s'écria Rosalind, comme si la chose coulait de source pour elle. « Une assez petite hase ; gris argenté ; avec de grands yeux brillants ?

— C'est ça », dit Ernest en la regardant comme elle l'avait regardé, « un assez petit animal ; avec des yeux proéminents, et devant, deux petites pattes ballantes. » Et c'est bien ainsi qu'elle se tenait, et son ouvrage ballait entre ses doigts ; ses yeux, très grands et très brillants, étaient en effet légèrement proéminents.

« Ah, Lapinova, murmura Rosalind.

— Elle s'appelle donc ainsi, demanda Ernest — la vraie Rosalind ? » Il la regardait. Il se sentait très amoureux.

« Oui, c'est son nom, dit Rosalind. Lapinova. »

Et leur sort fut scellé avant qu'ils n'aillent se coucher ce soir-là. Il était le roi Lappin ; elle, la reine Lapinova. Ils étaient opposés en tout ; lui, hardi et résolu ; elle, circonspecte et changeante. Il régnait sur le monde actif des lapins ; elle vivait dans un monde désert, mystérieux, qu'elle parcourait surtout au clair de lune. Cependant, leurs territoires se touchaient ; ils étaient roi et reine.

C'est ainsi qu'au retour de leur lune de miel ils possédaient tout un monde privé, peuplé entièrement de lapins, à l'exception d'une hase blanche. Nul ne soupçonnait l'existence d'un tel territoire, ce qui le rendait d'autant plus amusant. Ils se sentaient, plus encore que la plupart des jeunes couples, ligués contre le reste du monde. Ils échangeaient des regards de connivence quand on parlait autour d'eux de lapins et de bois, de pièges et de chasse. À table, ils se jetaient un clin d'œil furtif quand la tante Mary déclarait ne pas supporter de voir un lièvre sur un plat — il ressemble tant à un bébé ; ou à l'automne, quand John, le frère chasseur, les renseignait sur le cours du lapin dans le Wiltshire, viande et peau comprise. Parfois, lorsqu'ils avaient besoin d'un garde-chasse, un braconnier ou un seigneur du château, ils s'amusaient à distribuer leurs amis dans ces rôles. La mère d'Ernest, Mrs. Reginald Thorburn, par exemple, tenait à merveille le rôle du seigneur. Mais tout cela restait secret — c'était là un point capital ; ils étaient les seuls à connaître l'existence d'un tel monde.

Rosalind se demandait comment elle aurait

survécu cet hiver s'il n'y avait eu ce monde. Il y eut en particulier la réception des noces d'or, où tous les Thorburn se réunirent à Porchester Terrace pour célébrer le cinquantième anniversaire de cette union bénie du ciel — n'avait-elle pas engendré Ernest Thorburn ? — et si féconde — avec neuf autres fils et filles par-dessus le marché, beaucoup d'entre eux étant mariés et tout aussi féconds. Elle avait redouté cette fête. Mais impossible de s'y soustraire. En gravissant l'escalier, elle éprouvait de l'amertume à penser qu'elle était fille unique, et orpheline de surcroît ; une goutte d'eau parmi tous ces Thorburn rassemblés dans le grand salon aux murs tendus de papier peint satiné et lustré, avec les portraits rutilants des ancêtres. Les vivants ressemblaient beaucoup aux morts ; sauf que, au lieu de lèvres peintes, ils en avaient de vraies ; d'où sortaient des plaisanteries ; des blagues d'écoliers, comme la fois où ils avaient retiré la chaise de la gouvernante au moment où elle s'asseyait ; des blagues de grenouilles, comme la fois où ils avaient introduit des grenouilles dans les draps virginaux de vieilles filles. Pour sa part, elle n'avait jamais fait le moindre lit en portefeuille. Son cadeau à la main, elle s'avança vers sa belle-mère, resplendissante dans sa robe de satin jaune ; et vers son beau-père qui arborait un éclatant œillet jaune à sa boutonnière. Tout autour d'eux, sur des tables et des chaises avaient été déposées toutes sortes d'offrandes en or ; les unes nichées dans du coton ; les autres suspendues, étincelantes — bougeoirs ; étuis à cigares ; chaînes ; chacune dûment estampillée à la marque de l'orfèvre, attestant que c'était de l'or massif, authentique. Mais le cadeau de Rosalind était une vulgaire petite boîte en similor percée de trous ; une boîte à sable ancienne, vieillerie du XVIIIe siècle utilisée autrefois pour sécher l'encre en la saupoudrant de sable. Un cadeau tout à fait insensé, se dit-elle — à l'ère du papier buvard, et, en tendant son tribut, elle revit le jour de ses fiançailles et les pattes de mouches noires et courtaudes de sa belle-mère formulant l'espoir que « mon fils vous rendra heureuse ». Non, elle n'était pas heureuse. Pas du tout. Elle regarda Ernest, raide comme un piquet, le nez conforme à ceux de tous les portraits de la famille ; un nez qui jamais ne remuait.

Puis on descendit pour le dîner. Elle était partiellement cachée par de grands chrysanthèmes aux pétales rouges et or roulés en grosses boules serrées. Tout était en or. Des cartes dorées sur tranche, ornées de lettrines entrelacées d'un fil d'or énuméraient un à un tous les plats qui leur seraient servis. Elle plongea sa cuiller dans une assiette pleine d'un bouillon clair, doré. La blancheur crue du brouillard régnant au-dehors faisait place sous les lampes à un filtre de lumière dorée qui estompait le bord des assiettes et soulignait l'or rugueux des ananas. Elle seule, vêtue de blanc dans sa robe de mariée, ses yeux proéminents dans le vague, elle avait l'air pétrifié d'une stalactite de glace.

Au fur et à mesure que le dîner avançait,

cependant, la pièce s'emplissait d'une vapeur chaude. La sueur perlait au front des convives masculins. Elle sentait que sa glace se liquéfiait. Elle était en train de fondre ; de se disperser ; de se dissoudre dans le néant ; et allait bientôt s'évanouir. Puis, à travers la houle dans sa tête et le vacarme dans ses oreilles, elle entendit une voix féminine s'écrier : « Mais c'est qu'ils sont prolifiques ! »

Les Thorburn — oui ; ils sont prolifiques, se dit-elle en écho ; en regardant toutes ces faces rubicondes qui lui paraissaient deux fois plus grosses sous l'effet de son vertige et de la brume d'or qui les enveloppait. « Mais qu'est-ce qu'ils sont prolifiques. » C'est alors que John se mit à brailler :

« Petits démons !... Tirez-les ! Écrasez-les à grands coups de bottes ! C'est la seule façon de s'en sortir avec cette saleté de... lapins ! »

À ce mot, par la magie de ce mot, elle ressuscita. À travers les chrysanthèmes, elle aperçut le nez d'Ernest qui remuait. Il frémissait, parcouru par des ondes successives. À ce moment-là, une mystérieuse catastrophe fondit sur les Thorburn. La table dorée fut changée en une lande de genêts en pleine floraison ; la rumeur des voix se transforma en un trille lancé du haut du ciel par une alouette moqueuse. Le ciel était bleu — traversé par des nuages au ralenti. Ils avaient tous été métamorphosés — les Thorburn. Elle regarda son beau-père, petit homme sournois à la moustache teinte. Il avait un faible pour les collections — sceaux, boîtes émaillées, nécessaires de coiffeuse du XVIIIe siècle, qu'il cachait à sa femme dans les tiroirs de son bureau. Elle le voyait maintenant sous son vrai jour — un braconnier, qui se sauvait en douce, une bosse protubérante enflant sa veste, pleine de faisans et de perdrix qu'il allait jeter dans la marmite à trois pieds de sa petite chaumière enfumée. Tel était le vrai visage de son beau-père — un braconnier. Et Celia, la célibataire de la famille, toujours à fouiner pour exhumer les secrets des autres, les petites choses qu'ils voulaient garder pour eux — c'était un furet blanc aux yeux roses et au nez barbouillé de terre, rançon de sa besogne ignoble et souterraine de fouineuse et de farfouilleuse. Être jetée sur les épaules des hommes dans un filet et lâchée dans un terrier — quelle misérable vie — la vie de Celia ; et ce n'était pas de sa faute. C'est ainsi qu'elle voyait Celia. Puis elle se tourna vers sa belle-mère — surnommée le Squire[1]. Cramoisie, grossière, tyrannique — on la reconnaissait bien là, debout, à remercier tout le monde, mais à présent que Rosalind — je veux dire Lapinova — l'avait découverte, elle voyait derrière elle la décrépitude de la demeure familiale, avec ses murs au plâtre écaillé, et elle l'entendait rendre grâce à ses enfants (qui la haïssaient) avec des sanglots dans la voix, pour un monde qui avait cessé d'exister. Tout à coup le silence se fit. Tous étaient debout, verre levé ; ils le vidèrent ; et tout fut fini.

« Oh, roi Lappin ! s'écria-t-elle pendant leur

1. Petit gentilhomme rural vivant sur son domaine.

retour dans le brouillard, si tu n'avais pas remué ton nez à ce moment précis, j'aurais été prise au piège !

— Mais tu es saine et sauve, dit le roi Lappin en pressant sa patte.

— Oui, tout à fait. »

Et ils traversèrent le parc[1], en roi et reine des marais, de la brume et de la lande, qui fleure bon le genêt.

Ainsi passèrent les années ; une ; puis deux. Et puis un soir d'hiver, par hasard le jour anniversaire de la fête des noces d'or — mais Mrs. Thorburn était morte ; la maison à louer ; habitée seulement par un gardien —, Ernest rentra du bureau. Ils avaient une jolie petite maison jumelée, au-dessus de la boutique d'un sellier à South Kensington, pas très loin de la station de métro. Il faisait froid, il y avait du brouillard, et Rosalind cousait assise près du feu.

« Devine ce qui m'est arrivé aujourd'hui »,

1. Il s'agit de Hyde Park.

commença-t-elle dès qu'il fut installé, les jambes allongées vers les flammes. « Je traversais le ruisseau quand...

— Quel ruisseau ? interrompit Ernest.

— Le ruisseau au fond du jardin, à la limite de notre bois et du bois noir », expliqua-t-elle.

Un instant Ernest eut l'air complètement abasourdi.

« De quoi diable me parles-tu ? demanda-t-il.

— Mon cher Ernest, s'écria-t-elle consternée. Roi Lappin », ajouta-t-elle en agitant ses petites pattes de devant à la lueur du feu. Mais le nez ne remua pas. Les mains de Rosalind — c'étaient redevenu des mains — s'agrippèrent à l'étoffe qu'elle tenait ; ses yeux lui sortaient presque de la tête. Il fallut au moins cinq minutes à Ernest pour se changer en roi Lappin ; et pendant cette attente, elle sentit peser sur sa nuque un fardeau, comme si on était sur le point de lui tordre le cou. Enfin la métamorphose du roi Lappin s'accomplit ; son nez remua ; et ils passèrent le reste de la soirée à vagabonder dans les bois, à peu près comme à leur habitude.

Mais elle dormit mal. Au milieu de la nuit, elle se réveilla, avec l'impression qu'il lui était arrivé quelque chose d'étrange. Elle était toute raide et avait froid. Elle finit par allumer pour regarder Ernest étendu à ses côtés. Il dormait profondément. Il ronflait. Et même en ronflant, son nez restait parfaitement immobile. On aurait dit qu'il n'avait jamais remué. Était-ce vraiment Ernest ; et était-elle vraiment mariée à Ernest ? Elle eut la vision de la salle à manger de sa belle-mère ; Ernest et elle-même s'y tenaient assis, devenus vieux, au-dessous des gravures et face au buffet... C'étaient leurs noces d'or. Elle ne put le supporter.

« Lappin, roi Lappin ! » murmura-t-elle, et un instant elle crut que son nez remuait spontanément. Mais Ernest continuait à dormir. « Réveille-toi, Lappin, réveille-toi ! » cria-t-elle.

Ernest se réveilla ; et en la voyant assise toute droite à ses côtés, il demanda :

« Que se passe-t-il ?

— J'ai cru que mon lapin était mort ! » gémit-elle. Ernest était furieux.

« Ne dis pas de bêtises, Rosalind. Allonge-toi et dors ! »

Il se tourna de l'autre côté et quelques minutes plus tard il dormait à poings fermés en ronflant.

Mais elle ne dormait pas. Elle était roulée en boule de l'autre côté du lit, comme un lièvre dans son gîte. Elle avait éteint la lumière, mais le lampadaire de la rue éclairait faiblement le plafond, et les arbres y projetaient un lacis de dentelles qui ressemblait à un bosquet plein d'ombre où elle pouvait errer, entrer, sortir, en se contorsionnant et en tourbillonnant tout autour, tantôt chassant et tantôt chassée, écoutant les abois des chiens et la voix du cor ; fugitive, insaisissable... jusqu'à l'heure où la femme de chambre vint tirer les persiennes et leur apporter leur thé du matin.

Le lendemain, elle ne put se fixer sur rien. C'était comme si elle avait perdu quelque chose. Son corps semblait avoir rétréci ; il était devenu étriqué, noir et dur. Ses articulations aussi étaient raides, et, en se regardant dans le miroir, ce qu'elle fit plusieurs fois au cours de son errance de pièce en pièce, elle vit que ses yeux lui sortaient de la tête, comme les raisins secs d'un petit pain. Les pièces elles-mêmes semblaient avoir rapetissé. Elle se cognait dans des meubles monumentaux qui débordaient en formant des angles bizarres. Elle finit par mettre son chapeau et sortir. Elle prit Cromwell Road ; et dans chacune des maisons où elle jetait un coup d'œil en passant, elle aperçut une salle à manger avec d'épais rideaux de dentelle jaune, des buffets en acajou et des gens à table avec derrière eux des gravures sur acier. Elle atteignit enfin le musée d'Histoire naturelle ; qu'elle aimait beaucoup quand elle était enfant. Mais la première chose qu'elle vit en entrant fut un lièvre empaillé posé sur de la neige artificielle, avec des yeux de verre roses. Sans savoir pourquoi, elle frissonna des pieds à la tête. Elle irait peut-être mieux au crépuscule. Elle rentra chez elle et s'installa au coin du feu, sans lumière, essayant d'imaginer qu'elle était seule sur une lande ; il y avait un ruisseau rapide, et un bois sombre au-delà du ruisseau. Mais elle ne pouvait franchir le ruisseau. Elle s'accroupissait enfin sur l'herbe humide de la berge, et se tassa alors dans son fauteuil, les mains ballantes, vides, et les yeux vitreux comme des yeux de verre à la lumière des flammes. Puis un coup de feu retentit... Elle sursauta comme si elle avait été touchée. C'était simplement Ernest, qui tournait sa clef dans la serrure. Elle attendit, tremblante. Il entra et alluma ; il se tint devant elle, grand, séduisant, frottant ses mains rouges de froid.

« Assise dans le noir ? dit-il.

— Oh, Ernest, Ernest ! » s'écria-t-elle en se redressant dans son fauteuil.

« Allons, qu'y a-t-il maintenant ? » demanda-t-il sèchement, en se réchauffant les mains au feu.

« C'est Lapinova... » bredouilla-t-elle, ses grands yeux effarouchés posant sur lui un regard éperdu. « Elle est partie, Ernest, je l'ai perdue ! »

Ernest fronça les sourcils. Il serra les lèvres. « Oh, c'est donc ça ? » dit-il avec un sourire sardonique. Il resta silencieux pendant dix bonnes secondes ; elle attendait, sentant des mains se resserrer sur sa nuque.

« Oui, dit-il enfin. Pauvre Lapinova... » Il ajusta sa cravate devant le miroir de la cheminée.

« Prise au piège, dit-il, tuée », et il s'assit pour lire le journal.

Ainsi finit ce mariage.

Composition Nord Compo
Impression Novoprint
à Barcelone, le 10 mars 2021
Dépôt légal : mars 2021
Premier dépôt légal dans la collection : août 2013

ISBN 978-2-07-045332-0 / Imprimé en Espagne